父のビスコ

平松洋子
Yoko Hiramatsu

小学館

父のビスコ　目次

父のビスコ

I

父のどんぐり

岩肌にしぶとく張りつく苔のように、耳の奥にこびりついている。

「お百姓さんが汗水たらして作ったのだから、ひとつぶ残さず食べなさい」

昭和の親の口癖である。茶碗の内側についている飯粒がもったいない、最後まできれいに食べろというわけで、とりわけ母にうるさく言われ、それこそ耳にタコができるほど聞きながら育った。たまに「ご飯を粗末にすると、目が潰れる」「ばちが当たる」と脅かされる。味噌汁にしても、私は椀の底に残る味噌のざらざらが苦手だったから、口に流れこむ一歩手前で椀を置いていた。ところが、なぜか母にはお見通しで、うっすら濁る茶色の溜まりを「まだ残ってるよ」。釘を刺されてしぶしぶ椀を持ち上げ、茶色の残滓を目をつむって飲み干したものだ。そうめん一本、パンの耳、なすのへた、何にでも「お百姓さんが汗水たらして」「ご飯を粗末にすると」がへばりついていた。

いまになってつくづく思うのだが、親の口癖の背景にあったのは戦争の記憶なのだった。育ち盛りだったとき、食べたくても口に入れるものが乏しくて腹をへこませ、芋づる一本も惜しんだなまなましい記憶。

私の父は昭和三年生まれ、母は昭和九年生まれである。九十を超えた父に戦争にまつわる話を問いかけると、「八十年前のことを尋ねられると、思い出すのが大変じゃなあ」と苦笑しながら、「いや、戦争のことは忘れんよ」。ところが、いったん話し始めると、引いた絵札を表に返すかのように記憶の断片を口にするから、訊くほうも驚かされる。

たとえば昭和十三年、小学生だった当時十歳の父が、満州に住む叔父をひとりで訪ねていったことがあると言い始めたときには、腰が抜けるほど仰天した。そんな話を、娘たちは一度も聞いたことがない。八十年も前のことだから話す気になったのだろうか。

「朝鮮のキャピタルまでひとりで行って、迎えに来てくれた叔父さんが満州まで連れていってくれた。しかしなあ、いま思うとびっくりするよ。親は、よう外地にひとりで行かせたよなあ」

とくに裕福でもない家庭のごく普通の少年が、倉敷から単身汽車に乗って下関へ、下関から船に乗り換え、海を渡って釜山へ。そこで迎えに来てくれた叔父と落ち合い、さらに鉄道で京城（現・ソウル）を経由し、はるばる満州まで旅をしたというのである。親が融通してくれた満州までの渡航費は二十五円。父の記憶はみょうに細かい。

「ひと口に二十五円と言うても、そのころのあめ玉の値段が一個五厘。あめ玉と言うが、あのころのあめ玉は梅干しより大きかったよ」

満州までの旅費とあめ玉一個の比較が極端過ぎて面食らうのだが、少年時代を思い出した父の脳裏に、とっさに浮かんだのが大きなあめ玉だった。あとで調べてみると、昭和十二、三年頃の公務員の初任給が七十五円、白米十キロ三円弱、ビール大瓶三十七銭ほど。戦前のサラリーマンの月給の平均は百円という指標も見つけたのだが、いずれにしても父の両親は、どんなつもりで金策をして十歳の息子を満州までひとりで行かせたのだろう。もしかしたら、息子を先に行かせ、自分たちも満州に移住する心づもりだったのかもしれない。当時の満州国では、国策のひとつとして百万人に迫る数の日本人が暮らしていた。

もう何十年も前にこの世を去った祖父母の真意を確かめる手立てもなく、いっぽう、拍車がかかった父の話は先へ進む。

「いよいよ満州に到着したのは夕方ごろじゃった。汽車の窓からまっ赤な夕陽が見えたんだが、もうびっくりするような大きさよ。あの大きな夕陽は一生忘れられるもんではない。いま思うと、親は、自分らが見たことのないものをわしに見せたかったんだろうか？　でも、そのうち戦況が怪しくなった。そうしたら満州の叔父さんが、『正登、いまのうちに日本へはよう帰れ』と言った。それで、半年も経たないうちに倉敷に帰ってきたわけよ」

九十二の父が語る、少年時代の冒険譚のさわりである。もっと細かく満州での話を聞いてみたかったが、このときはちょうど検診の看護師さんが部屋をノックしたので、話は真っ赤な夕陽のくだりで途切れてしまった。

戦争末期、父は神戸に住んでいたことがあると聞いたこともある。大学を出て海軍経理学校に入校し、神戸に単身下宿していたというので当時の暮らしぶりを訊くと、最初に口をついて出たのは自炊の話だった。

「間借りして住んでいたから、よく作ったのは、メリケン粉をこねてフライパンに薄う広げて焼いたもの。下宿先がたまたま裕福な家だったからね、大家さんが醤油とか分けてくれることがあって、ずいぶん助かったもんよ。それを、大事にちょっとだけ垂らして食べたりした」

　二度、自分の命はないと覚悟したという。一度めは神戸、グラマン戦闘機に機銃掃射（キジュウソウシャという言葉が身内の口から語られるのを初めて聞いた）を浴びせられ、ダダダダダと自分の一メートル先で炸裂したとき。二度めは大阪、阪急電車の駅入口、曽根崎警察署近く。ひとりで歩いているところへおなじ戦闘機が襲来し、やはり頭上から射撃弾を浴び、通行人に混じってすぐ近くの防空壕に飛びこんだ。そのとき父は大阪にどんな用事があったのだろう。

「神戸と大阪で一度ずつ、これでもう死ぬと思うた」

　昭和二十年六月、度重なる激しい空襲によって焼け野原になった神戸を離れた。ほうほうの体で汽車に乗りこんで倉敷の実家に戻ってくると、一家三人の夏の窮乏生活が待ち受けていた。

　食卓に上ったものは、と訊いてみる。

「とうもろこしと蒸かしたさつまいも。しかし、あんたが想像するようなとうもろこしやさつまいもとはほど遠いよ」

　当時のとうもろこしは、お菓子のように甘いいまの味とも、ぷちぷちと弾ける歯ごたえとも、もちろん別ものだったろう。とうもろこしはそのまま食べるのではなく、米に混ぜて炊く節米食のひとつとして役立てた。私は夏場、たまにとうもろこしご飯を炊くことがあるのだが、父の話を聞いているから、どうしても〝このご飯は、戦時中なら「節米食」とか「代用食」なんだな〟と思ってしまう。とうもろこし、さつまいも、かぼちゃ、豆、摘み草、そのときどき米に混ぜて嵩増しするご飯は、それぞれの家庭でおこなう「食糧戦」だ。

さつまいも、じゃがいも、かぼちゃは代用食トップスリーである。とりわけ、さつまいもは江戸時代の飢饉も救った救荒作物の花形だった。日中戦争が始まると、さつまいもの栽培は国策になり、全国でいも畑作りが奨励されて、みな自給自足に励んだ。国会議事堂の近所にもいも畑が開墾され、腕まくりした男たちが畑を耕しているモノクロの記録写真をなにかの本で目撃したときは、さつまいもに懸ける国の本気を見る思いがした。さつまいもをさかんに品種改良して増産を試みたのは、飛行機や軍用自動車の燃料に利用するもくろみがあったから。ガソリンの一滴は、血の一滴。いも類から無水アルコールを作って燃料用ガソリンを生産しようとしたわけだが、そんな野望があったとしても、まず人間サマが食いつなぐことが先決だ。

父の戦争の記憶は、こまごまと胃袋に直結している。さつまいもの大きいのが一個でもあったら、家族三人お腹いっぱいになるから御の字だった。主食はたいてい麦。ごくたまに米になるときもあったけれど、必ずさつまいものせん切りやじゃがいもを刻んだのが入っていたよ。いもを入れると腹持ちがいいからな。水で溶いたメリケン粉は、おばあさん（父の母）が練ってだんごにして、薄い味噌汁のなかに浮かべていた。ハッタイ粉も、溶かしてフライパンに薄く広げて焼いてたなあ。戦争がいよいよ厳しくなったら、何が入っとるのかようわからんおじやみたいなもの。お粥をもっと溶かした汁みたいに薄い粥も、よう食べた。

以前に読んだ本のことがふと浮かんで、話の途中に割りこんだ。

「そういえばお父さん、ドンツクパンって知ってる？」

ドンツクパンという奇妙な響きが忘れられなかったのは、昭和二十年ごろの岡山での記憶を綴るこんな文章を読んでいたからだ。

「祖母と出かけた時、町で列を見かけた。とりあえず並んだ。しばらくすると食堂の戸が開いた。ランチタイムだった。南瓜の煮たのとドンツクパン、後は忘れた。そんなに空腹ではなかったが食べた。家に帰って食べなくてすむから。

一食助かれば、その分、他の家族が食べられる。当時の日本人は列を見ればまず並ぶ。何の列かを知るより先に反射的に並んだ。何か売っていることを期待していた。

ドンツクパンは苦く硬くうまくなかった。それでも外食の主役だった。小麦粉の代わりにどんぐりの粉、イナゴ、ヨモギで作っていると言われていた。真実は知らなかったがうまくないことは事実だった」

（『岡山空襲』　岡山空襲を語る深柢国民学校四年有志の会刊行）


えっなに？　ドン、ツク、パン？……そりゃあ聞いたこともなけりゃ食べたこともないなあと首をひねったあと、あ、という顔になってつぶやいた。

「ドンツクいうのは知らんけど、どんぐりならよう食べたよ」

ドンは、やっぱりどんぐりらしい。どんぐりの殻を割って実だけ取り出し、包丁で半分に切ったのを米に混ぜて炊いてどんぐり飯にしたのだという。

「栗（くり）ご飯を想像してくれりゃいい」

そう説明するので、だってお父さん栗は甘いけど、どんぐりはものすごくアクが強いじゃない、どんぐりご飯なんて苦くてとても食べられたものじゃあないでしょう、と応じたら、たしなめられた。

「変な味がしたよ、そりゃあ。シブうて苦いし硬いし、飯のなかに入っとるのを見て、こりゃどんぐりか、たまらんと思うた。でも、文句は言わんかったよ。食べられるだけ結構なもんだと思っていたから」

たぶん、父が知らないだけで、どんぐりのあく抜きは行われていたのだろうなと想像しながら、だとしても、どんぐりの苦さは口が曲がるほど激しかっただろう。ときどきどんぐり拾いに駆り出されてなあ、あれは閉口したよなと苦笑いしていた。

父は、三年半前に倒れてICUで治療を受け、回復したのち、介護施設で暮らしている。「みなさんに親切にしてもらって不足はなんにもない、感謝している」とつねづね言うのだが、母や私にぽろりと胸のうちを洩（も）らすことがある。

「この正月に餅がでたんだが、なにかと思うたら餅じゃなくて白玉だんご。それも爪の先みたいに小さいのが二個か三個浮かんどる。口には出さなくても、やっぱり思うたよ、ひゃーっ、おいおいかなわんな、これが雑煮かと。いやまああありがたく食べたけど」

喉に詰まるのを用心して、極小の白玉だんごだったのだろう。年寄りをつかまえて幼稚園の給食じゃあるまいし、と報告してみせる父の様子を見て、ぷっと噴き出しかけた笑いを引っ込めるのに苦労した。そういえば父はかつて、元旦に食べる雑煮を家族のだれより楽しみにしていた。

母とふたりで父を訪ねた昼のこと。きっと喜ぶだろうと思い、施設の食堂で食べる昼食をあらかじめ断っておき、母が買い求めた鰻の蒲焼をのせた鰻重をこしらえ、食後にさくらんぼを用意して持参した。

「ええー本当か、鰻を持ってきてくれたんか」

相好を崩して喜ぶ父に、弁当箱によそってこしらえた鰻重を手渡す。しばらく鰻の蒲焼を眺めたあと、おもむろに箸をつけ、口に運んでゆっくりと味わいながら、感に堪えないふうに何度も「もったいない」「ああ生き返る」と言う。

ふと頭を起こし、真顔になって父がつぶやく。

「柔らかい宝石を食べている心地がする」

うまい、うまいと繰り返して休みなく箸を動かす父の姿を見ながら、このさき私は鰻を食べるたび、「柔らかい宝石」という言葉をどんぐりといっしょに思いだすのだと思った。

母の金平糖

サクマの缶入りドロップスは別格のおやつだった。今も売っているのだろうか。

ただの甘い味ではない。何かに似ている。ずっと気に掛かってきたのだが、ようやく思い当たった。

おみくじ。

角のまるい楕円の缶を振ると、からころと乾いた音が響く。しばらく耳を傾けてから、思い定めて、えい！　逆さにして勢いをつける。飛び出してくる（はずの）ドロップの速度を小さな掌(てのひら)では受け止め切れず、手近な紙片の上で缶を振った。

黒い穴からころんと転がり出るドロップの色。橙(だいだい)はオレンジ。赤はいちご。

黄はレモン。濃茶はチョコレート。緑はメロン。白はハッカ。水色はソーダ味。

ほかの色もあったかもしれないが、あるいは水色は入っていなかったかもしれないが、私の記憶ではそういうことになっている。缶を振るとき、緑と白じゃありませんようにと念じたのは、メロン味とハッカ味が苦手だったからだ。メロンの味は、いまだに敬遠しがちである。ドロップスは粒が大きくて、さざれ石みたいに固く、なかなか溶けない。でも、苦手な味だから口に入れない選択はなかったし、どういうわけか白や茶が現れる回数が少ないのも不思議で、ともかくサクマの缶入りドロップスには翻弄された。しかし、その理不尽な感じ、中身が見えない得体の知れなさに惹かれるから、後生大事に缶を振って自分をつかのま預けたのかもしれない。やっぱり、おみくじに似ている。

つい最近になって母から聞かされた話が、蜘蛛の糸のようにドロップスにぺたりと貼りつくようになった。

八十四歳の母は、昭和二十年秋、十一歳のある日を忘れることができない。

母の父は出征して陸軍に入隊し、中国大陸に渡って山中で訓練を重ねたのち、フィリピンの戦地へ向かった。いっぽう家に残されたのは家族五人。私にとっての祖母、私の母を筆頭に三歳違いの四人きょうだいである。昭和二十年六月二十九日午前二時四十三分、岡山大空襲に遭った日も母子五人が身を寄せ合った。岡山市内からふた駅離れた土地だったから、焼夷弾が投下されるたび、閃光がぱあっと市内に広がる遠景を見た。

「岡山の街が怖ろしいほどまっ赤になって、防空壕に逃げこむのもこわくなった」

暗がりのなかで、四人の子どもたちを自分のまわりに集めて抱き寄せた祖母から言い渡された言葉も、母は忘れていない。

「お母さんからこう言われた。『ちかちゃんは、いくちゃんと手をつないで逃げなさい。ぜったいに手を離したらいけんよ。もしお母さんとはぐれても、だれか親切なひとが必ずいるから。必ずどこかで会えるから』」

その言葉を握りしめ、母はすぐ下の妹の手をぎゅっと摑(つか)んだ。

空襲ののち、朝方から小雨になった。家族五人、はぐれずに家にたどり着く途中、市街地から着の身着のまま荷物ひとつ持たずに逃げてきた人々が列をなして歩いているのを見た。その翌日から、衣類や家財道具を「買ってもらえませんか」と知らないひとたちが訪ねてくるようになった。買ってあげたくても、交換できるだけのお金も物もないから、「ごめんなさい、ごめんなさい」とお母さんが謝って帰ってもらっていた、と母が言う。母の実家は寺である。

八月十五日正午、「天皇陛下から大事な話がある」というのでみなが座敷に集まり、正座してラジオに向かった。

以下は、母の話。


ああ戦争がやっとおわった。ラジオを聴きおわったとき、口には出さなかったけどね、家族みんなものすごくうれしかった。だって、お父さんが帰ってくるんだから。

でも、それがいつなのか、口に出してお母さんに訊けなかった。お父さんは必ず生きて戻るのか、そこからして誰にもわからないんだもの。

五人が横並びになって寝ていたのは、居間の掘りごたつの脇だった。あれは、いつ何が起こるかわからないからすぐ外に飛び出せるように、というお母さんの心づもりだったんよね。

戦争が終わって二年め、九月に入った頃の朝だった。布団のなかでうとうとしていたら、がちゃんがちゃん、聞いたことのない金属の音がだんだん家のほうへ近づいてくる。何の音だろう、じっと耳を澄ませていると、隣で寝ていたお母さんがとつぜん布団をがばっと撥ねのけ、飛び起きて大声で言った。

「ああっお父さんっ」

お母さんが転がるようにして裸足で外へ飛び出していったから、私もすぐあとを追いかけた。そうしたら兵隊姿のお父さんがそこに立っていた。がちゃんがちゃんと鳴っていたのは、兵隊靴についている金具が当たる音だった。

お父さんが帰ってきた。もううれしくてうれしくて、お父さんのまわりからだぁれも離れなかったよ。

その日のお昼だったと思う、金平糖がでた。ツノの立った直径五ミリくらいの小さい、星のような白い金平糖。そのなかに赤い金平糖がひと粒だけ、混じっていた。きれいでねえ、天にも昇る気持ち。わーっと歓声を上げてきょうだい四人が取り囲んで、赤い金平糖の取り合いっこを始めたわけ。そうしたら、お母さんがものすごい剣幕で怒った。

「お父さんが水だけ飲んで、どんなに大変な思いをしてこれを持って帰ってきてくれたか。なのに、赤だの白だの。命と引き換えに金平糖をくださったのに喧嘩なんかするもんじゃありません！」

とたんにみんな、しゅんとなってねえ。内地では甘いものが食べられないと風の便りに聞いたお父さんが、日本に帰ってくる船のなかで支給された金平糖に手をつけず、そのままポケットにしまったのを渡してくれた、そういう金平糖だった。味はぜんぜん覚えてないけど、お母さんのぴりっとした叱り声だけはよーく覚えてます。

金平糖と虱が、お父さんのおみやげだった。

もう七十数年以上前の話だ。私は、小さな赤い金平糖と白い金平糖に向けていっせいに注がれる幼い四人のきょうだいの視線に捕まってしまう。「へえ、そんなことがあったの」と応じながら、兵隊服のポケットにしまわれた金平糖が海を渡り、船を経由し、陸に上がり、鉄道を乗り継ぎ、がちゃんがちゃんと兵隊靴を鳴らしながら上下に揺れたのち、寺の庫裏の居間にころころと転がりでた場面の映像を何度も巻き戻し、リフレインする。

金平糖が海を渡り、四人きょうだいが赤い金平糖の取り合いっこをする日が来ていなければ、いまの自分は存在していない。もし、祖父が戦地から帰還できなかったら。もし、岡山大空襲の朝、祖母ときょうだいたちがはぐれたままだったら。もし、父の目前に落ちた射撃弾の位置がずれていたら。「もし」の連打が、私という一個の人間の存在を激しく揺さぶってくる。

金平糖にはこんな破壊力があったのか。吹けばからころと飛んでゆく、歯を当てただけであっけなく崩れる子どもじみたお菓子だと思っていたのに。甘いひと粒からつんと突き出た無数のツノには説明のつかない奇妙な風情が絡んでいると思えば、金平糖がただならぬ形相に見えてくる。

いつだったか、京都で金平糖をつくるところを見たことがある。

銅鑼と呼ぶ巨大な釜を使うのが、まず不思議だった。あの小さな砂糖菓子をこしらえるために、ひとがすっぽり入るくらいの大釜が必要なのだ。ザラメを入れて熱にかけ、柄杓で糖蜜を掛け回しながら、ひたすらかき混ぜ続ける。回転しながら、少しずつ、少しずつ、見えないくらいの速度で大きくなってゆくというのだが、もちろん目を凝らしてみてもよくわからない。指の先ほどの金平糖に仕上げるためには二週間もかかると聞いて、腰を抜かした。銅鑼の上でころころ回転しながら、釜肌に貼りつく瞬間の一点がだんだんツノに育ってゆくんですと説明されても、なかなか理解できず、キツネにつままれた気がした。それほどの時間と労力を費やしてつくられる金平糖なのだから、ほの甘いだけのお菓子と見くびるほうが間違っているのだろう。

金平糖を入れる容器を「振り出し」と呼ぶ。ときおり骨董屋で陶器やガラス、銀製の時代物を見かけるけれど、これがなんとも思わせぶりな佇（たたず）まいだ。掌におさまるちんまりとした大きさで、胴はまるくふくらんでおり、先端の口はしゅっとすぼまって細長い。口に嵌（は）める小さな栓は、象牙だったり黒柿だったり、白木だったり。なかには金平糖が入っており、栓をはずして手に持ち、斜めに傾けると、これまた思わせぶりたっぷりに金平糖がぽろんと転がり出てくる。だから、「振り出し」。ただの手慰みだけれど、母の記憶に耳を傾けたあとでは、「振り出し」という道具は金平糖にこそふさわしいものに思われるのだ。

　ドロップスも金平糖も、おみくじの化身なのかもしれない。甘いふりをして、なにが転がり出てくるのか。鉄火場のサイコロにも通じている気がする。

風呂とみかん

真冬の露天風呂でみかんを食べるとうまいらしい。どこかで読んだことを思い出し、実行におよんでみたことがある。

東北の温泉場だった。みかんは宿のこたつの上の網かごに積んであったもので、浴衣に着替えて風呂に入りにいこうとしたら、三題噺「真冬、露天風呂、みかん」が浮上した。よっぽど気になっていたのだろう。

みかんを一個握って長い廊下を歩き、風呂へ向かう。まず内風呂に浸かって身体を温め、そのあと露天風呂に浸かろうという算段である。いったん内風呂の木枠のへりにみかんを置いたら、安定感があるぶん、小さな太陽みたいな色つやがどぎまぎするほどまぶしい。

身体の芯まで温まったなと思い、みかんを握り直して内風呂から外へ通じる引き戸を開けて屋外へでる。冷気を浴び、全身にさあっと鳥肌が立った。そのまま石段のざらつきを足の裏に感じながら降りてゆくと、わりに広めの露天風呂があった。先客はいない。さっきの内風呂より温度が低めの湯に足先を沈め、そろそろとしゃがみながら、みかんを握った手だけ湯から突きだしている格好はとてもまぬけだ。肩まで浸かったところで、露天風呂の石のへりにみかんを置き直す。

真冬の露天風呂でみかんを食べるとほんとうにうまかったのか。結論からいえば、惨敗だった。そのみかんにいつ手をだしていいのかよくわからなくなってしまい、気になって落ち着かないから早々に皮を剝き始めることにしたのだが、湯中に取り落とさないか、白いケバを散らさないか、気が気ではない。でも、いったん皮に手をかけてしまったから、誰かが入ってくる前に片づけ終えたい。公共の場で、しかも湯煙のなかに隠れているとはいえ、裸でみかんを食べるという場違いなおこないが羞恥心を煽った。ひと房ずつ口に入れているひまはない。雑に四分割して口に押しこんで早々に幕引きをはかってみるのだが、剝いたあとの皮は風呂でみかんを食べた証拠品だ。

そんな経験があったから、「真冬の露天風呂で酒を飲むとうまい」と聞いても、まるでそそられない。杉の風呂桶に徳利と盃を入れて露天風呂に浮かべ、手拭いを頭にのせてちびりちびり飲るというのだが、なにが風流なもんか。そもそも血圧だって危険でしょう。こう断じられるのも露天風呂でみかんの始末に困った過去を隠し持っているからで、みかんにしろ、ぬる燗にしろ、べつに裸でなくてもねという話である。

しかし、最初から皮だけになったみかんなら心配にはおよばない。乾かしたみかんの皮の風呂は、真冬の到来の合図だった。クリスマスが終わるとそろそろかなと期待した。

家の風呂にぷっかりと浮かぶ白い布袋。

中身は、家族四人が食べたみかんの皮。

冬休みの年末年始には食べるみかんの数が増えるから、皮が余る数も増える。それに、正月あたりは空気がいっそう乾燥し、天日干しの効率がよい。冬休みに入ると、「剝いたみかんの皮は捨てないように」と母からお達しが出た。一個食べたら、剝いた皮は台所のすみに置いたザル行き。二、三日もすれば、あっというまに十個やそこら溜まる。タイミングを見計らい、母がタコ足のかたちの皮をそのまま一枚ずつ、重ならないように新聞紙にばらばらと裏返しに並べ、縁側で干す。

冬の日差しを浴びるみかんの皮を見るのは、なんとなく落ち着かなかった。ひなたぼっこを兼ねて妹と縁側にだした座布団に座っておはじきをしたり、絵本を読んだりしているとき、広げた新聞紙とみかんが目に入る。剝きたてはぴかぴかの艶つやだったのに、時間が経つにつれ、しょんぼりと縮んでかさつく様子がある種のもの悲しさを誘ってきた。しだいに水分や色が失われてゆくのは、うれしいおもしろさではなく、非道なめずらしさ。だから、じいっと凝視するのは気が引け、横目を遣ってちらちら見る。皮を剝いたのは自分でも、新聞紙の上のうらさみしい光景には関わっていないと思いたい。

三日ほど経つと、黒ずんで薄汚く、生乾きの煎餅みたいになった。母がときどき裏返したり位置を変えたりしながら世話をしていたのかもしれないが、それを目に留めた記憶はない。ともかく数日かけて天日干しを終えると、これが丸いみかんを包みこんでいたとは信じられない、がびがびの堅いこわばりになった。めくれて丸まった角は、押すと痛い。新聞紙のなかで鳴る音は、竹箒で掻きあつめる落ち葉の気配に似ていた。

一九六四年、つまり昭和三十九年秋、私たち一家は新築の家に引っ越した。

それまで昔ながらの仕舞た屋に父方の祖父母と同居していたのだが、父母、六歳の私、幼い妹の家族四人一世代があたらしい二階建ての家に住むことになった。階下の四畳半と二階の父の書斎用の八畳間以外はぜんぶ板張りの床で、洋風の木材と厚手のすりガラスを多用したつくりは、まさに東京オリンピックの華やぎに通じていた。いまはもうないこの家の記憶をたどるとき、強烈ななつかしさとともに思いだすのは、たとえば応接間に揃えられたソファとテーブルの応接セットであり、ソファの背に掛かる糊のきいた白いレースカバーであり、赤レンガを埋め込んだ飾り棚に整列するレコードであり、わざわざ応接間用に買い求めたのだろう、定位置に掛かる額縁つきの油絵である（この絵は、父が介護施設に移り住んだとき、父の部屋に額縁ごと運んだ。喜ぶかと思ったら、とくに持ってこなくてもよかったと言われてぎくりとした）。若い父と母はブランニューの時代のただなかを生きていた。

家のあちこちが弾んでいる気配は、子供にもびんびん伝わってきた。そんな場所のひとつが風呂場だったことは誰にも話していない。話してしまえば大事なものが消えてしまう。秘密をつくるということは、物語の始まりをつくること。洗面所と風呂場を仕切るすりガラスのドア、青い正方形の小さなタイルが並ぶ床、薄青色の小さな浴槽。ついこのあいだまで住んでいた家では薪を焚きつけて風呂を沸かしていたのに、割烹着を着た祖母や母が薪をくべる姿や薪が燃える赤い火を薄情なくらい忘れてしまい、なかったことにした。

いち、に、さん、し、ご、ろく……

「十数えてから上がりなさい」と言われていたから、仕方なく十まで数えたけれど、そのあとも湯気が立ちこめる場所にぐずぐずと籠もった。

ぷくっと空気を含んでふくらんだ白い袋が浮かぶと、みかん風呂になる。風呂のふたを開けると浮かんでいる白い袋。その袋は、母が針仕事をして縫いとじた木綿布だったかもしれないし、白いタオルだったかもしれない。外からは見えないが、もちろん中身は縁側で乾かしたみかんの皮だ。袋のくちに輪に縫ったひもが一本通してあり、その端は水道の蛇口にひっかけてあるから、白い袋は手に持った風船のようにも見える。

昔を振り返るとき、母は「洋子さんはひとり遊びがじょうずな子供だった」とよく言う。でも、それはちがうとも思う。たしかに自分ひとりだが、何でもいい、遊ぶ相手を見つけさえすればひとりではなかった。引っ越す以前、玄関の土間で熱中した泥だんご作りのおもしろさ。ピンクのおもちゃのバケツに土と水を入れてこね混ぜ、両手で丸めながら球をこしらえる。かたちよく固まったら水に浸し、手でなで回し、すこし乾かしたら、また水で濡らして整え直し、土間のすみに置いて乾かす。これを何度も繰り返すうち、泥だんごは硬く締まってぴかぴかに光り始める。自分の手のなかから生まれたきれいな珠が誇らしく、毎日見ても見飽きなかった。

みかん風呂にも遊んでもらった。

風呂に浸かって船か風船を引き寄せると、布目を通り抜けていい香りが漂ってくる。みかんのような、もうみかんではないような、でもみかんとしか言いようがない香り。いまなら「鄙びた」という言葉をあてがってみたい。

お楽しみはまだ終わらない。右手と左手をそれぞれ風船の両脇に当て、そのまま平行を保ちながら中心に向かって注意深く押しつづけると、逃げ場を失った内側の空気がじゅぶじゅぶ、じゅぶじゅぶ、何千何万の細かい気泡となって湯の表面に湧き起こる。空気を押し切ってぺしゃんこになっても、もう一度湯のなかに沈めてしばらく待てば、またちゃんとふくらむ。湯に浸かった内側の皮はしんねりと柔らかい。

指の皮膚がふやけて皺になってもお構いなしだ。そのうち皮膚がちりちりしてくるのも知っている。でも、真冬が過ぎたらあっさり消えるのだから、風呂に浮かぶ袋をよけいに手放したくない。

冬の鉄棒

築地の喫茶店で長い付き合いの編集者と会い、しばらく話をしてから、ふたりで外に出て銀座方面へ歩いた。

やけに冷えのきつい節分の日で、からからに乾いた空気が頬に刺さる夕暮れ。彼女は地下鉄に乗って帰るというので、歌舞伎座の前の地下通路へ降りるところで「じゃあまた」と手を振って別れた。私は、そのまま晴海通りをまっすぐ歩いて銀座を突っ切り、有楽町駅で電車に乗って帰るつもりだった。

銀座四丁目の交差点で信号待ちをしていると、背中がぞくりとして、いやな感じがきた。そういえば今朝、テレビのニュースで「インフルエンザが流行しています、じゅうぶん注意してください」と繰り返していたのを思い出して焦り、有楽町駅に向かう足を速めた。

「ちょっと待て」

駅の高架が見えかけた頃、声が降ってきた。

「熱いものを食べて身体を温めなさい」

えっ。早く電車に乗って帰りなさい、ではなく、あたしの神様は「なにか食べていけ」と言う。

いやいや、急にそう言われても困る、ついさっきまで家路を急ぐ一心で銀座を突っ切ったのだから、方向転換がむずかしいじゃないですか。異議を唱えながら、数寄屋橋を越えたところで立ち止まる。目的地に着いたのにとつぜん行き先を失い、棒立ちになる。

踵(きびす)を返す方向はどっちだ。さかんに自問自答を繰り返す。この界隈で、身体を温めてくれる熱いもの、熱いもの、熱いもの……。

そうだ、あれしかない。

芹(せり)そば。

いま立っている有楽町駅の前から晴海通りをはさんで銀座六丁目、コリドー街方面へ向かうせまい路地裏に、昔ながらのそば屋Tがある。この店で冬の時季だけ品書きに載るのが、熱い芹そば。しゃきっとゆがいた芹をたっぷり一把も使い、だしの利いた熱(あ)っつぃつゆもうまい、緑の芹のほろ苦さもうまい、食べはじめたら最後まで無我夢中。うっすら背中に汗をかきながら、外の寒さを忘れる最強の一杯だ。あの熱が、これほど強烈な記憶を呼び起こすことにすこし驚きもした。

そば屋方面に向かって舵を切り替える。晴海通りを渡る交差点まで来ると、赤信号。そわそわしながら待っていると、背中がやっぱりうすら寒い。

暖簾(のれん)をくぐって引き戸をがらがらと開けた。夕方五時半なのに満席に近いので、またびっくりする。やっと空きを見つけて椅子に座るのだが、ちいさな店なので、冬場は脱いだコートやらマフラーやらけっこうな荷物になり、席と席の間隔がせまいから動きがぎくしゃくして達磨のようだ。ダウンのコートの厚みを押し潰し、膝の上に固定しながら目だけ動かして壁の短冊を探す。

あった、あれなのよ。

女将さんが注文を取りにきた。

「芹そば、ください」

「根っこ、入れますか」

「はいお願いします」

芹そばを頼む客との、お決まりのやりとり。根のほろ苦さ、嚙みごたえも真冬のごちそうだから逃さない。

注文をすませると、やっとひと心地がつき、築地からここまで長い旅だったなあ、ほーっと深い息がでた。

斜め前の席の老夫婦が向かい合ってつついている鍋、あれはなんだろう。湯気で霞んでいる光景に目が温まる。ちり鍋だろうか、かき鍋だろうか。知っている者しか通らない裏路地にひっそりと佇むこの店は、じつは銀座っ子御用達でもある。出勤前の腹ごしらえをするホステスや黒服、同伴出勤の二人連れもやってくるからちょっと艶っぽい空気も混じりこみ、その分厚い空気が繭玉のように心地いい。

一心に芹そばを待っていると、耳のスイッチが切り替わった。すぐ隣の席の二人客、私の横の男性がきっぱりと言うのが聞こえた。

「あったかい鉄棒があったらすごいと思うんだがな」

「へ？　鉄棒？」

「ああ、鉄棒。こういう寒い時期に触ると、ものすごく冷たいじゃない。なのに、体育の時間に鉄棒の練習させられて、すごく嫌だったんだよな。そういうときにさ、鉄棒があったかいと救われない？　おれ、小学生のときずっと、ああったかい鉄棒があったらなーって思ってたんだよ」

「おまえ、鉄棒、苦手だったのか」

「苦手どころじゃない、逆上がりも懸垂も大嫌いだったのよ。なのに、大回転とか涼しい顔でやるやつがいてさ、うらやましいやら自分に腹が立つやら」

「自分がのろまな亀になった気がしてな。おれも鉄棒は得意じゃなかったから、気持ちはわかる。まあしかし、たしかに鉄棒が温かいとうれしいかも」

「だろ。気温が下がると温かくなる鉄棒、おたくの会社で開発してよ。絶対売れるよ」

　聞いたそばから、膝に置いた掌がじんわりぬくもってくるようだった。冬になると自動的に温かくなる鉄棒！　なんてすてきなアイディアだろう、いますぐ特許を申請するべきだと思いながら、隣の会話が遠ざかっていった。

　五十年以上も前のことだ。

　ある日、家の庭に鉄棒が現れた。

　鉄棒の両側に木の角柱が二本、うすいクリーム色のペンキが塗ってある。黒光りする棒の幅一メートル足らず、庭に屹立（きつりつ）する唐突さときたらなかった。

父が作ったのである。なぜ父が慣れない日曜大工をすることになったか、その理由は明白だ。私と妹が、なかなか逆上がりができなかった。

鉄棒が大嫌いだった。まず、手で鉄棒を握るときのひんやりと冷酷な感触がいやだったし、握ったそのあと、きーんと鼻に差し込む金属の匂いが掌にまとわりつくのも苦手だった。でも、握り方がゆるければつるっと滑って、地面に叩き落とされる。よほど覚悟してかからなければ、鉄棒にはかならずしっぺ返しを食らう。むっつりと押し黙っている気配も、油断がならない。とにかく、鉄棒が嫌いな理由ならいくらでも思いついた。

小学校の運動場のかたすみには三段違いの鉄棒がある。二年生か三年生のときだったと思う、体育の時間に鉄棒のテストが立ちはだかった。冬休みをはさんで三学期が始まるまでに、クラス全員が逆上がりができるようになろう、みんなで励まし合いながらがんばりなさいと先生に命じられ、男子も女子も逆上がりの鬼になった。ぶら下がって遊ぶ道具だと思っていたら、無理難題をふっかけてくる理不尽な存在に変わった。最初こそ苦労していた子も、ひとり、またひとり、くるりっと回ってクリアしてゆくのだが、けっきょく私は取り残されたまま冬休みに入ってしまった。

今度こそ。歯を食いしばり、決死の思いで土を蹴り上げるのだが、両足は宙を虚しく舞う。

腕力が弱かった。自分の身体をぐーっと鉄棒のほうへ引き寄せる力が足りないから、勢いをつけても上へ引き上がらず、激しく揺れるブランコみたいになってしまう。

昼休みや放課後に練習してもだめらしいと母から聞いたのだろう。ただ、父が鉄棒を作ろうという気になったのは、親心というより、ものの弾みとか好奇心だったと思う。日曜大工のまねごとをしてみたかったのかもしれない。どこで見つけてきたのか、それとも大工さんに頼んで誂えたのか、二本の角柱の上のほうに丸くて黒い空洞が空いており、その孔に鉄の棒を嵌め込む。スコップで地面を掘った穴に角柱を埋めて立て、父は真剣な面持ちで組み立てた。

翌日から、朝起きると、庭に面した四畳半のガラス窓の向こうに父のこしらえた鉄棒が人待ち顔で立つようになった。ぽつんとさみしそうに、無言で、孤独に。私は、かんがえた。もし校庭にあれば子どもたちに触ってもらえるのに、庭の鉄棒は、この家の子どもにしか触ってもらえない。鉄棒はあたしだけを待っている。そうしたら、嫌いも好きも言ってはおられず、鉄棒を放っておけなくなった。

その瞬間が訪れたのは、年が明けてからだった。両腕でぐいっと引き寄せた鉄棒が軸となって、自分の身体が空中で回転する未知の感覚があった。

くるり！

いま、あたし、廻った？

もう一度、くるり。

あれほど苦労したのに、できてしまえばあっけない。

いろんな感情が爆発した。晴れがましく、誇らしく、握った鉄棒は頬ずりしたくなるほどうれしい。それまでずっとドス黒い煙のようにまとわりついていた劣等感や焦りは砕け散っていた。いますぐお父さんとお母さんを呼んで、逆上がりを見せなくちゃいけない。妹にも自慢するのだ。


お待ちどおさま。芹そばです。熱いですよ。

女将さんの声で我に返った。

あわててお膳の上の丼に視線を遣ると、だしの香りに包まれた芹の緑が濡れてまぶしい。景色のよさに惚れぼれしながら、丼の両側に掌を当てて持ち上げ、熱い汁を啜る。ひと筋の熱の束が胃の腑に滑りこむと、これでなにもかも大丈夫だという気になった。

白木蓮の家

お花見、するんですか。

トオヤマさんに訊かれた。穴場があったら教えてほしい、と顔に書いてある。申しわけない、期待に応えられない気がする。でも、毎年かならず足を運ぶ場所はひとつだけある。

とっさに申しわけないと思ったのは、都心から離れた二十三区外の西のはずれだし（トオヤマさんの自宅は逆方向の江東区だ）、駅からバスに乗らなきゃならないし、周辺に何があるわけでもない地味な場所だからだ。

隣町の市役所の前、舗道の両側に一キロほど続く桜並木。樹齢五十年はありそうな大木が並ぶのだが、昭和三十年代か四十年代頃に植えられたのではないかしら。舗道の両側から長い枝が手を伸ばして広がっており、満開になると空が延々一キロにわたって桜色に染まる。それを見たくて、交通量が増える前、朝六時台にクルマを二十分ほど走らせて出かけるのが我が家のささやかな花見である。桜のトンネルの下を走るのが一度きりではもったいなく、通り過ぎたあと近くの交差点でUターンして、今度は逆方向からトンネルをくぐるのも恒例行事だ。その場に差し掛かったら、バックミラーを確認しながらのろのろ運転で走行し、トンネル内の滞在時間を稼ぐ。

「わあきれいねえ」

「きれいだねえ」

飽きもせず、毎春おなじセリフを交わしながら二十年近く経つ。

と、そこまで説明すると、トオヤマさんがまた訊く。

あっさり終わっちゃうんですか、お花見。

そうなの、トンネルくぐったら満足して、あとは余裕のよっちゃん。散歩の途中とか電車の窓からとか、満開の桜を見かけたらにこにこ眺めている。

ま、それもひとつの知恵かもしれませんけれどね。トオヤマさんはいちおう感心してみせてくれたが、早々に花見の話は切り上げてしまった。やっぱり期待には応えられなかったらしい。

花見花見といまほど騒がしくない時代があった。小学校や中学校の正門あたりにたいてい桜の木が植わっていて、入学式の頃になると満開になった。手もとにある古いアルバムをめくると、真新しい制服を着た私と和服姿の母が並んで立つ小学校の入学式の写真の後方、満開の桜がちらりと写っている。公の桜、地域のシンボルとしての桜。町の住人は、かつて自分の学び舎だった場所に咲く桜を見ながら春の訪れを迎えた。通りすがりに見上げる桜は、ふだん見慣れているからこそ、巡りきた満開の風景が目に染みたのである。

その直前に咲く花があった。

白木蓮である。

十代の三月は、白木蓮を見ながら暮らした。

庭先に植わった白木蓮にいっせいに花が咲いたら、つぎは桜。春は順繰りにやってくる。

それにしても、住宅の庭には不釣り合いな大木だった。

「あれは、おばあさんが苗木を買ってきて自分で植えた」

母に訊ねると、近所に住んでいた父の母親、私にとっては父方の祖母が買い求めた木だったという。

「どこかの苗木市で見つけて、これは大きく育ついい木だと勧められたと言って、おばあさんが植えたわけ。手でぶら提げて持ってきたくらいだから軽かったし、一メートル半あるかないかくらいのひょろっとした木だった。それが、庭に植えたら年々育って、あれよあれよという間に大きくなっていって。洋子さんも覚えてるでしょう、幹なんか、こう、掌をふたつ回しても足りないくらい太くなった」

もちろん忘れられるわけがない。白木蓮の幹がしだいに太くなってゆくさまは生き物のようだった。ぐん、ぐん、ぐん、木の内部から咆哮が聞こえてナニカが蠢(うごめ)いていた。

父方の両親と六年近く同居したあと、私たち一家四人が新築の家に引っ越したのは昭和三十九年、東京オリンピックの年だから、木蓮が庭に植わったのは昭和四十年代に入ってからだ。引っ越したとき六歳だった私が高校生になった頃、ゆうに四メートルを超えるたいした成長ぶりで、よほど庭土や日当たりとの相性がよかったのだろう。

「山里に植えるのが合う木だった、いま考えれば。満開のときは、そりゃあ見事だった。鈴なりとはこういうことを言うんだなと思ったもの。すごかった、あの風景はほんとうに。そういえば、近所のひとに、うちは『モクレンの家』と呼ばれていると教えられたことがあったよ」

へえ、モクレンの家。住んでいる者は部屋のなかから庭の木として眺めていたが、言われてみれば、塀の外から通りすがりに見ると白木蓮と家は一対の風景として映ったのだろう。当時、庭は原っぱに面していたから、ひと目に触れる機会が多かった。

剪定をしても、お構いなしにどんどん大きくなったと母が振りかえる。野放図というのか、天衣無縫というのか、緑の葉が生い茂る季節より、冬枯れのごつごつとした黒い骨が空に向かって伸びる時季もまた見応えがあった。正月が終わり、節分の豆を拾い集めて年齢の数だけ食べ、和室の床の間にひな壇をこしらえて緋毛氈(ひもうせん)を掛け、ひなあられを食べるころになると、木蓮のつぼみがふくらみかけるお決まりの流れ。

三月の約束を律儀に守って現れる無数の、つんと先端が尖った紡錘形の硬いくちばし。それは、ある日とつぜん出現する。遠目にも産毛で覆われているのがわかったし、紡錘形の輪郭ぐるりが厚みを帯びているというのか、油断すると風邪(かぜ)をひいてしまいそうな三月の外気から中身を守る外套(がいとう)を被(かぶ)っているふうに見えた。

いよいよはじまる。

その日を境に、木から目が離せない。日一日、無数のくちばしがゆっくり時間をかけながらふくらんでゆくようすを観察した。二階の私の部屋は、ちょうどすぐ下に白木蓮の木が位置していたから、逐一、朝夕の変化が目に飛びこんでくる。白木蓮を見ながら暮らしたと先に書いたのは、そういうわけだ。

花弁がほころぶと、羽をふくらませた白い小鳥が鈴なりになった。枝を振れば、りんりんと鈴の音が鳴り響いて、季節にけじめをつける。ただし、盛りを過ぎると、目をそむけたくなるほど茶色のシミがまだらに広がって散る。あれは冬の残骸だった。

こうして、桜が咲くまで一部始終を見ていた。

その白木蓮は、もうない。三年ほど前、実家の建物と土地を処分したとき、庭の木もいっしょになくなった。

じつは、一度じたばたしたのである。仲介の不動産会社との話を進め、測量に立ち会い、判子もたくさんついて、ありがとうございましたこれで手続きはすべて終了ですと言われて安堵した数日後、「あっ」と気づいて動転した。

白木蓮はどうなる。

土地ごと売却したのだから、そのあと何がどうなろうと関知するところではないし、家財道具を運びだしてがらんどうになった家との訣別はすませたつもりだったけれど、庭木のことまで頭がまわらなかった。家と土地の売却を決めたものの、父は家のなかで倒れてから入院生活が続いていたし、母は父のことで手いっぱいで、長女として交渉ごとのすべてを引き受けた私は、両親の代役を果たし終えるだけで精一杯だった。そうなると、花が咲く木が好きだから、と母が自分で植えて育てた庭の沈丁花(じんちょうげ)、牡丹(ぼたん)、金木犀(きんもくせい)なども急に思い起こされ、惜しいというよりくやしく、そこまで思いいたらなかった自分の迂闊(うかつ)さを呪った。

まだ建物はあるのだから、間に合うかもしれない。運送会社に運んでもらえば、東京の住まいに植え替えられる木もあるはずだ。大きな白木蓮は、さすがに無理か。いや、行政に申請したら、どこかに植えてもらえるのではないか。

やみくもにあせりながら、まず不動産会社に電話をかけた。

けんもほろろだった。

「あのう庭木のことなんですが」

そう言いかけると、

「もう正式に鍵も先方に渡りまして、私どもでは手がだせません」

返事を聞いて押し寄せたのは、はたして実家を売却してよかったのか、もしかしたら取り返しのつかないことをしたのかもしれないという自責の念だった。

後日談がある。それから一年ほど経って、母と庭木の話になった。

「あのとき、洋子さんが東京に戻ったあと、市のひとが来て庭木の一部を引き取ってもらう話になったこと、伝えてなかったかな。植木屋さんに売るより、無料でいいから市で役立ててもらうのがいいと思ったわけ。八重桜をぜひいただきますと言ってたけど、とりあえず八重桜は市内のどこかに植わって咲いていると思うと、なにかほっとしてね。白木蓮がどうなったのかは知らない。どこかに植え替えるには大き過ぎるから。しろうとが気ままに苗木を買ってきてはちょこちょこ植えた、雑ものを集めただけの庭だったけど、こうしてみると一本ずつ思いだすものだねえ」

水がぬるんできた。そろそろ白木蓮のくちばしがほころびはじめるだろう。そう思っただけで、自分でも滑稽なくらい胸が騒ぐ。

II

ピンクの「つ」

その夏、二度めのソウルはムクゲの花が満開だった。

初めて韓国を訪れたのは軍事政権下の真冬で、漢江の川面が凍りついてばりんと光っていた。在日韓国人の友だちから「この時期のソウルは、風が吹くと耳が切れる」とさんざんおどかされていたけれど、確かに、寒いというより痛い。零下二十度のナイフのような風に刺しこまれて耳も頬も切れそう。目尻に涙を溜めながら歩くのも初めての経験だった。翌年の夏、二度めに訪れたときは八月十五日の光復節（解放記念日）が間近だったからだろうか、私が日本人だとわかるとよそよそしくなる、そんな時代だった。ちょっとびくつきながら歩いていたから、路傍のムクゲの花が記憶にこびりついたのかもしれない。

南大門市場に着くと、目に入るものをひとつも見逃さない意気ごみで門をくぐったのに、あっけなく挫折した。

　めくるめく物量の洪水。婦人服。紳士服。麻布。韓服。革製品。子供服。眼鏡。下着。靴下。アクセサリー。靴。時計。貴金属。カセットテープ。文房具。布団。風呂桶。ゴムホース。むきだしの生活に押し倒され、日陰に駆けこんでへなへなとしゃがんだ。いま思うと、えんえん三十五年以上続いている私の韓国通いは、いまだにあの船酔いから醒めていない気がする。

　二千坪の市場の一角に、食料品が集まるエリアがあった。買い物客でごった返す狭い通路にリヤカーが割りこんで通るので、ぼんやりしていると突き飛ばされる。気合い負けしないように強い視線で眺める野菜、山菜、魚介、海藻、肉、牛や豚の内臓、果物、豆腐、粉唐辛子、味噌、辛子味噌、醬油、ごま油、海苔、酒、餅菓子、乾物、米。それまで馴染みのなかったキムチの赤が視界に乱入するたび、アドレナリンが出る心地がして覚醒した。

　だんだら模様の日除けテントを深く下ろした塩辛屋の前で、足が止まった。薄いピンク色が透けて見える大きなガラス瓶。

　あっ。目が釘づけになった。この中身の味を、私は知っている。知っているどころか、箸でつまんでごはんにのせて食べていた。それも、子供の頃の食卓で。

半透明のピンク色の、小さな、ものすごく小さなエビ。「つ」の字にくるんと曲がっているのだが、伸ばすと一センチか二センチくらいの長さになる。頭の両側にくっきり浮かぶ黒い点は、目。ぴんと伸びた極細の赤い絹糸みたいな線は、触角。尾には一対の赤い斑点がある。店のひとに訊ねると、「セウジョッ」という塩辛だと言う。そのままでも食べるが、とにかくキムチ、キムチを漬けるときにはセウジョッがなくちゃ話にならないんだよと、古谷三敏の漫画に出てくるぐうたらママそっくりのパンチパーマのおばちゃんが熱弁をふるった。

アミの塩辛である。そのとき私は二十代半ばだったが、それまで十年、いや十五年以上も口にする機会はなかったし、とくに思いだすこともなく、自分の記憶から完全に消えていた。ところが、真夏のソウルの南大門市場の片隅で、ふっと現れたピンクの「つ」が既視感を運んできたのである。かなり強引に。

「つ」の記憶は、芋づる式に戻ってきた。

「つ」を嚙むと、歯と歯のあいだでしゃりんと崩れる柔らかな感触がいたいけだった。しかし敵もさるもの、頭から突き出た触角や口の先端が、舌の表面に刺さることがある。その瞬間の痛みは針でちくりとやられたみたいに鋭く、しばらくちりちりと痺れて、いやな刺激が残る。油断ならない感じを、ほんのり桜色に染まったおぼこい色彩を、磯の香りがするしょっぱいうまみを、私はとても好きだった。記憶のかけらをぽつぽつ拾い集め始めると、食卓の向こう側に祖母や母の姿がうっすらと浮かび上がってきた。たいてい着物を着ていた父方の祖母は、私の母を「ちかちゃん」と呼んでいた――。

アミは、秋口に獲(と)れるからなのだろう、アキアミとも呼ばれる。サクラエビ科アキアミ属アキアミ種。姿が似ているからオキアミと呼び間違えられることがあるけれど、オキアミは釣り餌や観賞魚の飼料などに利用されるプランクトンだ。いっぽう、アミの塩辛はサクラエビの仲間で、東南アジア、中国、朝鮮半島まで広く分布し、日本でさかんに獲れたのは秋田以南の内海、富山湾、三河湾、有明海あたり。とりわけ瀬戸内海、岡山の児島湾は上質なアミの一大産地として名を馳(は)せた時代がある。

岡山の風土記や食文化誌をひもとくと、アミやアミの塩辛について触れていないものは、まずない。かつては「高いところから湾をのぞむと、アミの集団域が薄桃色に見えた」「秋にアミが押し寄せてくる光景を『アミが湧く』と言った」などと書いてある。アミはお彼岸の前あたりから獲れはじめたが、「十月末ごろの十日ほどの潮でなければうまくない」などと、なかなかうるさい。いずれにしても、児島湾で獲れるアミはかっこうのお国自慢の材料なのだった。アミ礼賛には、西行『山家集』がかならず持ち出される。出家ののち漂泊の旅にでて諸国を巡った西行は、弘法大師の生誕地讃岐国に入って善通寺に詣で、当地でしばらく庵を結んだあと、備前国に入り、現在の岡山県倉敷市児島へいたる。

西行はアミに出逢った。

「備前国に、小島と申島に渡りたりけるに、醤蝦と申物採る所は、おの〳〵われ〳〵占めて、長き竿に袋を付けて立てわたすなり、その竿の立て始めをば、一の竿とぞ名付けたる、中に年高き海士人の立て初むるなり、立つるとて申なる言葉聞き侍しこそ涙こぼれて、申ばかりなく覚えてよみける

立てそむる醤蝦採る浦の初竿は罪の中にもすぐれたるかな」

(『西行全歌集』久保田淳・吉野朋美校注　岩波文庫)

小島は児島、醬蝦はアミのこと。西行は、児島、玉野、笠岡、牛窓など瀬戸内の土地を海沿いに巡り、立ち寄り先で詠んだ歌には牡蠣、栄螺、鮑などが登場している。大小の小島が点在する浅海で行き逢ったアミ漁は、名状しがたい想いを西行にもたらす。竿の先にくくりつけた袋を海中に差し入れるとき、老漁師がなにごとかを唱えた。波打ちぎわ、自然と人界が交わる言葉。それを聞きつけたとき、「涙こぼれ」る思いに駆られて一首を詠んだと記しているわけだが、はるか千年も前、西行の胸中に去来した感情がこちらにも流れこんできて、たまらない気持ちになる。

豊饒は、すなわち罪でもあるという感得。

吹けば飛ぶようなごくごく小さな存在だから、いっそうアミは心に刺さるのかもしれない。諸行無常。

しかし、アミが湧いて薄桃色に染まる海の風景を想像すると、ふっくらと多幸感に包まれる。夏の暑熱が去り、海温に冷えがくわわってゆく秋、海の広さに較べれば塵か芥同然のアミがむくむくと湧いて、豊かな桃色の群れをなす光景の華やかさ、ありがたさ。漁師でなくとも、手を合わせて拝まずにはおられない。

ところが、児島湾のアミは、戦後におこなわれた大がかりな干拓とともに姿を消す。湾が埋め立てられ、漁場が衰退し、人間と原初の関係をむすんでいた海が遠ざかり、そのなかにアミもふくまれていた。

ただ、瀬戸内のアミはすぐさま根絶やしにはならなかったようである。というのも、私が幼かったころ、昭和三十年代から四十年代初めの倉敷では、アミの塩辛が食卓にのぼっていたから。かつての大衆の味がしだいに稀少な珍味になっていったとしても、瀬戸内ではかろうじて夕餉の食卓にのぼっていた。ひとの味覚がアミを手放さなかったのである。

アミの塩辛は、小皿によそい、食卓に置いてあった。そのとき食べるぶんだけ取り出し、母が小皿に移していたと確信するのは、アミの塩辛がぎっしり詰まったガラス瓶を覚えているからだ。厚手の小瓶は雲丹の瓶に似ていて、瓶の口には不透明なプラスティックの中ぶたがきっちり嵌まっていた。アミが海に湧いた時代は家庭で漬けたらしく、ものの本で読むと、鮮度のいいアミを買って塩をほどこし、熟れるまで十日も待てば簡単に作れたという。でも、うちで食べるアミの塩辛はともかく瓶詰め製だった。

中ぶたの端に指を引っかけて外すと、ピンク色のアミが身を寄せて詰まっている。鼻を近づけると、潮の匂いがぷうんと立ち上がってきた。無数の黒いマルと目が合うと怖いなと思ったが、見ないふりをすることにしたのは小学校に上がるころだった。

ごはん茶碗をもち、小皿から箸でつまんだアミの塩辛を熱いごはんにちょんとのせる。ほんとうに少し、せいぜい四、五尾。それ以上はしょっぱすぎる。ごはんごと箸でさっくりとすくって食べると、噛むうちに塩味を帯びたエビのうまみが広がってきて、ごはんがとんでもなく甘くなる。

歯と歯のあいだでしゃりんと崩れると、その繊細きわまりない感覚にぞくりときた。梅干しよりアミの塩辛のほうが好きだと思ったことを、うっすらと覚えている。

アミの塩辛と大根を炊く煮物が瀬戸内の郷土料理だというのだが、私は一度も食べたことがない。母は作ったことがないのだろうか。八十四の老母に電話をしてみると、「アミ」と言うなり即答がかえってきた。

「アミの塩辛はしょっぱくて大嫌いだった。私がいやいや食卓にだしていたのは、おばあさんが好きだったから」

やぶ蛇だった。いまさら嫁姑の苦い話になだれこむ気配を察知して、あわててアミの話を引っこめた。

ばらばらのすし

万国旗がはためく風景をすっかり見なくなった。

青い空に鰯雲、知っている国の旗も知らない国の旗も長い紐一本で横並びにつながれた万国旗が、小学校の校庭に何本も掛け渡されてはためく様子は秋のうれしい一場面だった。運動会が近づくと、普段の授業を潰して何度もおこなわれる学年単位の合同練習が苦手で、入退場の行進の練習は何度か仮病を使って抜けたことがある。それでも、運動会当日の校庭に万国旗がはためく光景を見ると、胸が高鳴った。いまも、小学校の運動会に行き遇うと無意識のうちに校庭に掛かる万国旗を目で探してしまうのだが、最近はとんと万国旗を見ない。

時代の遺産なのだ。万国旗が世間に現れたのは日本が国際博覧会に参加しはじめた明治期で、博覧会会場にさまざまな国の旗が掲げられている光景に触発され、我が国にも、と取り入れたらしい。日本が国際博覧会に初参加したのは一八六七年、パリ万国博覧会のときだ。明治維新を経て六年後、一八七三年にウィーン万国博覧会に参加するのだが、その前年、東京の湯島聖堂で日本初の博覧会が開催されている。これはウィーンの博覧会に参加するための予行演習だったというから、緊張感と張り切りぶりが伝わってくる。開国の空気が広まってゆく文明開化の時代に万国旗が導入され、しかも戦争をはさんでなお、昭和四十年代に入ってもぱたぱたはためいていたのだから、ずいぶん息が長かった。

万国旗といっしょに記憶をくすぐるのが「満艦飾」という言葉である。色とりどりの色彩と図案がはためく運動会の校庭は、まさに満艦飾を絵に描いたような光景だが、かつて、物干し竿にぎっしり吊るされた秋晴れの日の洗濯物の風景を「満艦飾」と言い表した。祝祭日や記念日、軍艦の艦首からマストに掛けられた信号旗や万国旗の風景に似ているからというのだが、やっぱりこの言い方も耳にしなくなった。

「まんかんしょく」の響きは意外に歯切れがいい。私が最初に聞いたのは、運動会の日でも物干し竿の洗濯物でもなく、家の台所だった。

母は、自分がこしらえたすしの桶を眺めると、少々うっとりとした響きをまとわせて「まんかんしょく」とつぶやいた。言葉の意味はわからなかったし、とくに訊きもしなかったけれど、それでも春と秋、年にかならず二度現れる晴ればれとしたすし桶の様子は「まんかんしょく」以外の何物でもなかった。

祭りずしである。

岡山の郷土料理としてつとに知られるすしだが、ではどこかに売っているかといえば、違う。以前、知人に訊かれたことがある。

「例の有名な祭りずしというのを一度食べてみたいのだが、どこで食べられるんですか。鮨屋に行けば食べられるのでしょうか。おいしい店を教えてください」

返事に窮した。なぜなら、祭りずしは店で買ってくるものではなく、鮨屋で出されるものでもなく、それぞれの家庭でつくるもの。もし鮨屋がつくって供したとしても、野暮天をしてくれるなと場がしらけるだろう。鮨屋で食べる祭りずしは興醒めだ。手間ひまを惜しまず、これでもかとばかり、それぞれの家でこまかく具材を調えるところに祭りずしの価値が生まれるのだから。

具材をふんだんに取り揃えて混ぜ込み、わざわざ家庭でこしらえるところに、このハレの日の郷土料理の価値がある。それに、おなじ満艦飾でも、家庭によって表情が違うところも味のうち。もし本当に祭りずしに出会いたいなら、季節の頃合いを狙ってどこかの家庭に潜りこみ、ご相伴に与る(あずか)しか手がない。まさに「買えない味」である。

さて、わが家では祭りずしというのはあらたまった言い方で、ばらずしと呼んでいた。もちろん祭りずしと呼ぶ家庭もあると思うのだが、祭りずし、ちらしずしは丁寧な呼び方で、よそいきのニュアンスがつきまとう。家庭での呼び方は、もっぱらばらずし。しかも、父はときどき「ばら」と省略して呼んだ。秋祭りや運動会が近づくと、母に「そろそろ、ばらか」というふうに。いっぽう、母は「ばら」とはけっして言わず、かならず「おすし」と呼んだ。ちょっと粗野な響きのする父の「ばら」、やんわりと優しい母の「おすし」、その両方の名前があることに気づいていた。

にぎにぎしい満艦飾の中身はこんなふうだ。

酢〆(すじめ)の魚。殻ごとゆでた海老。たれ焼きの穴子。煮いか。煮含めた干ししいたけ。干瓢(かんぴょう)。高野豆腐。れんこん。さやえんどう。錦糸玉子。

これが入らなければばらずしを名乗れない不文律があるわけではない。でも、最低十種類ほどの具材を使って色とりどりにする郷土のすしだから、中身はおのずと似てくる。ただ、酢魚は季節によって異なった。春のばらずしの眼目は、旬の鰆（さわら）。この瀬戸内の魚が入ると、ご馳走の祝祭感がいや増す。三枚におろした鰆を薄く切り、まず塩をあてて身を〆てから、酢に浸す。数時間もすると身が白く締まるのだが、その様子を見ただけで口のなかにじゅわんと唾が湧いた。ほかに、鱧（はも）、平（ひら）などが使われるのだが、私のうちではばらずしに鱧を入れることはなく、鰆でなければ平だった。

　平はニシン科に属する瀬戸内の地魚で、有明海でも獲れるそうだが、ほかの土地で揚がってもすぐさま岡山に送られると聞いたことがある。平は扁平な姿の大きな魚で、小骨が多いのがタマに瑕（きず）、食べればうまいが骨切りが面倒だから敬遠されがちで、岡山以外では二束三文の魚だと聞いたことがある。骨切りをしてぶつ切りにしたのを煮つけにもするが、ことにうまいのは酢〆。あっさりとして上品なうまみが癖になる。かんがえてみれば、甘酢で〆るサッパ、つまりままかりもニシン科なのだから、岡山人の好みは一貫している。じっさい、すし飯のなかで魚の皮目がぎらりと光る銀色を見つけると、腹の底から自動的に食欲が湧いてくるようになっている……瀬戸内の魚の話をしていると、止まらない。ばらずしに話を戻さなければ。

　海老は、ゆでて殻つきのまま上に散らし、殻をむいたものはすし飯に混ぜこむ。小さく刻んだ穴子も、すし飯に少し混ぜ込んだら、あらかた飾り用に残しておく。すしのあちこちに散りばめられている海老の赤は、いやおうなしにめでたさと食欲を掻きたてた。このほか、煮いかも使われるようだが、母が使わなかったので、私はいかの入ったばらずしを食べたことがない。

野菜と乾物が、また手がかかる。

れんこんは薄切りにして、さっと酢で煮る。さやえんどうは、塩を少し入れた熱湯でゆで、すぐ冷まして色よく仕上げる。高野豆腐はいったん戻してから小さく碁盤の目に切り、ふっくらとだしで煮る。干瓢も、戻してだらだらと長い紐になったのを小鍋のなかにたくしこみ、だしで煮てからこまかく切る。干ししいたけを戻した汁は、干瓢を煮るときに役立てていた。そのしいたけを醤油やみりん、砂糖でことこと煮含めるときは、最後の最後で煮詰まってしまうとだいなしになるから、細心の注意がいる。「あっ」とも「ぎゃっ」ともつかない声を上げて母が小鍋をひっつかんで火からあわてて下ろすのを目撃したことがあるのだが、あれはしいたけだったたと踏んでいる。そのあとしばらく台所に漂っていた焦げ臭い匂いも、しみじみとなつかしい。何枚も焼いて重ねた薄い卵焼きに包丁を当ててせん切りにした錦糸玉子の黄色の小山のふわふわも、いまも目に染みたままだ。

とまあ、ひとつずつ別に下ごしらえするのだから、とにかく手間がかかる。猫の手も借りたいので、まわりをうろちょろしている子どもに手伝わせないはずがない。

私は、すし飯を団扇（うちわ）であおぐ係だった。

ご飯が炊けると、母がお釜ごとすし桶の上でひっくり返して中身をあけ、しゃもじを差し入れてさっくりと広げる。すかさず、あらかじめ酢に砂糖を溶かし混ぜておいたすし酢を回しかけてさくさくさくと手早く混ぜるのだが、このときが子どもの出番である。

団扇を使ってすし桶のなかへ風を送る役目を命じられるのだが、ほどなく手首が疲れてくる。すると、「もっとしっかり」「速く」「休むな」、母の声が飛んでくるので張り切るふりをするのだが、内心やれやれと思う。いっぽう、目の前のご飯は艶々に光り始めている。

混ぜる役目をやってみたかったけれど、やらせてもらえない。具材を入れる順番があったのだろうし、しゃもじのさばき方にも強弱があったのだろう。もたつくと、ご飯に粘りがでてしまう。数十年経ってはじめて自分でばらずしをこしらえてみたとき、寿司飯の混ぜ方のむずかしさに気がついた。

いよいよ最後の仕上げである。少しずつ残しておいた魚、海老、穴子、しいたけ、れんこん、干瓢、さやえんどう、色よく全体に散りばめ、錦糸玉子をふわりと雲海のように飾り、さらに緑の木の芽を散らす。

ばらばらに、ふんだんに、華やかに。

この豊かな味が生まれた背景には、よく知られた逸話がある。江戸期、備前岡山の藩主池田光政公は質素倹約を奨励、「一汁一菜」のお触れを出した。それにかちんときた町人が「ならば、すしの上にうまいもんをぎょうさんのせよう」。ハレの味は抵抗から生まれたといえばずいぶん聞こえはいいが、意地と諧謔と食いしんぼうの産物ということにしておきたい。

ばらずしは、ひと口ごとゆっくり食べた。

食べ始めると止まらなくなり、おなかが張ち切れそうになるまで食べた。

ひと口ずつ味が違うその瞬間、その瞬間、ばらずしに生命力が吹きこまれるかのようだ。ようやく気づくのだが、「満艦飾」はあでやかさを愛でる言葉でもあったが、こしらえた者が自分を褒め、認める言葉でもあった。

ふ、ぷかり

初めて沖縄の車麩を見たとき、これは薪だろうか、そうでなければ何かの道具だろうと思った。かさかさに乾いたきつね色の太い丸太棒で、ゆうに三十センチ以上の長さがあり、よく見ると中心に穴が通っている。

那覇の町はずれの市場だった。初めて沖縄に旅をしたのは一九八〇年代半ばで、薄暗い小さな市場の小間物屋と食料品店が合わさった雑多な店の軒先に茶色い棒が重なる様子は薪そっくりで、とても食べ物には見えなかった。のっけから話はずれるけれど、沖縄の市場で初めて目にしたイラブーの乾物にも驚かされた。イラブー、つまり海へびを一週間もかけて徹底的に燻したもの（その後、久高島でイラブーを燻煙する専用の小屋を覗かせてもらったことがあるのだが、梁や壁いちめんがコールタールをねっとりと塗りこめたように黒々と変色したすさまじい光景だった）が市場の奥の一角に無造作に吊してあり、がちがちに固まった漆黒の表面が艶を帯びて不敵に光るさまが魔女の杖を連想させた。じっさいには沖縄のソウルフード、イラブー汁の材料で、必要なぶんだけナタで寸断して使うと教わった。イラブーは、月夜の晩、海沿いの洞窟に潜って手づかみで捕る。

車麩の話にもどろう。車麩は、腕より太い嵩張りと長さがあるのに羽のようにふわふわと軽く、そのアンバランスな軽さに拍子抜けする。初めて見たとき興奮して、ぜひこれを買って帰りたいと思ったけれど、こんなばかでかいものが収まるスペースはトランクにない、やめておけ、いや持って帰りたい、ずいぶん葛藤したことを覚えている。なにしろ当時の東京では、沖縄の食材はめったに手に入らなかったから、せっかくの発見が惜しかったのだ。

台所でも、車麩の展開は激しい。ざっくりとひと摑みずつちぎって水に浸すと、水分を吸収して、しとしとの布切れ同然になる。この段階でいったん絞って水気を切るのだが、ウエハースみたいに手もなくちぎれるのに、水を含むとしぶとい強度が備わる。これを溶き卵に浸し、野菜といっしょに炒めると、沖縄名物フーチャンプルーの出来上がりだ。

ガッツのある麩なのだ。実在感に優れているというのか、肉にも似たがっつりとした食べごたえ。歯のあいだでくいくい抵抗を返してきて、麩というより生き物のようだ。たちまちやみつきになり、友人が沖縄に行くと聞けば、迷惑をかえりみず無理やり頼んで買ってきてもらったこともある。

そもそも麩が好きだった。味噌汁のなかに麩が浮いていると密かににんまりとした。ころんと丸い薄茶色の小さな麩はたいてい三個か四個だったが、玉ねぎやなすはなくても、麩だけぎっしり浮かんでいてもうれしいと五歳か六歳のころ思っていた。

今日は味噌汁に麩が浮いている。

見つけた瞬間の、ほの暗いひっそりとした喜び。うれしさを口外するのがもったいなく、ポーカーフェイスを守って偏愛を育てた。

箸でつかまえ、口のなかに運び、ゆっくり歯や舌で圧力をかける。

じゅぶ、じゅぶじゅぶじゅぶー。

正体が薄いのに無数の気泡が威勢よく湧き上がる。

くにくにと粘り気のある強度は小麦のグルテンによるものだなんて知るはずもなかったが、幼児にとって麩は、畑で採れるのか海で網に掛かったものなのか、その不思議さにおいても別格だった。

箸で取り上げるたび、ひとつずつ減ってゆくのがとても惜しい。もう一個、あと一個……目で残りを数えながら、椀のなかの麩とささやかな会話を愉しんでいた。

とくに味があるわけでもない麩という食べものに惹かれた理由を、おとなの言葉で探してみる。

儚(はかな)い。

遠慮がち。

うっかりすると崩れ果ててしまいそう。

輪郭がぼやけている。

でも、しぶとい。

フーチャンプルーのように郷土料理と結びつく味が、倉敷あるいは瀬戸内地方にはなかったのかもしれないが、母は麩をさまざまに役立てることはせず、味噌汁やおすましの浮き実にだけ使った。ところが、おとなになって、日本各地にさまざまな麩があることを知るようになった。あとから思い起こせば、その皮切りとなったのが沖縄の車麩なのだった。椀のなかに浮かぶ麩しか見たことがなかったから、卵に浸したり焼いたりできるとは青天の霹靂。ちょうどおなじころ旅先の京都で出会ったのが、小さな餅と見違えるむちむちとなめらかな生麩（よもぎ麩や粟麩、ごま麩まであることに意表を突かれ、でえんと大きい厚切りが白味噌椀に沈んでいるさまを見て、別世界を覗き見た心地を味わった）、花麩（花びらや紅葉を型取った色とりどりの可愛い麩が炊き合わせに添えてあり、照れ臭かった）、手鞠麩（工芸品みたいな出来映えが信じられなかった）。乾き切った焼き麩だけではなく、麩には、生麩、油で揚げた麩、しかも麩まんじゅうまであると知り、ひっそりとした麩の世界に魅了されていった。

麩の歴史は古い。十四世紀ごろ、南北朝時代から室町時代初期にかけて中国から伝来し、当初は中国での呼び名のまま「麺筋」と呼ばれていた。「麺筋」をもたらしたのは中国に渡って仏教を学んだ仏僧たちで、肉食を禁じられた者にとって貴重なたんぱく源だった。もっぱら精進料理として寺で使われ、食べられていたが、江戸時代に入って全国に広まるようになり、麩の製法を習得した僧や奉公人たちがそれぞれの土地に持ち帰り、しだいに地方色豊かな麩が生まれてゆく。千利休は、はじめて催した茶会で生麩を使い、そののち茶会の菓子として、生麩を焼いた「ふのやき」を供している。当時の麩は、時代の最先端をゆく食べものだったに違いなく、いち早く麩の多様性に目をつけたのだから、やはりさすがの眼力の持ち主なのだった。

日本全国には、百近い多彩な種類の麩があるといわれるが、たとえば山形の庄内麩には歴史がもろに絡んでいる。長細い短冊そっくり、ぺたんこの板状。このめずらしい板状のかたちが生まれた背景には、交易を担った北前船の存在があった。庄内松山藩主、酒井忠良が小麦の栽培をはじめて推進された麩づくりは、旧松山町（現・酒田市）の一大産業として興隆し、庄内平野で収穫される庄内米とともに北前船に積み込まれ、関西地方に運ばれた。平たい板状に成形することによって、重ねやすく、壊れにくく、運びやすい。庄内麩の荷を担いで運ぶ男たちが、なんて軽いんだと意表を突かれて喜ぶ様子など想像してみると、日本海を旅した庄内麩がにわかに身近に思われてくる。

麩のことを語っていると、うれしくなってしまう。焼き麩には、木や棒に巻きつけて回転させて焼く直火焼き、蒸し焼き、型入れ焼き、金型焼きなどいろいろあるし、車麩ひとつとっても、山形の東根市では六田麩と名前が変わって、土地の食卓に馴染んでいる。新潟の村上にはでっかい饅頭みたいなまんまるの岩船麩があるし、加賀料理の治部煮に欠かせないすだれ麩は、柔らかな生地をのすとき、すだれに押しつけながら広げるので、細い線模様が表面に刻まれて風雅な佇まいになる。揚げ麩なら、たまたま私の近所の店に仙台麩が置いてあるので、馴染みがある。煮物の汁が残り気味のとき、仙台麩をてきとうにちぎって入れるとボリュームがでるし、うまみをじゅんわりと吸いこむ。宮城県北部の登米地方に伝わる油麩（あぶらぶ）はバゲットそっくりなのだが、輪切りにして甘じょっぱく煮たものをごはんにかけると、地元で油麩丼と呼ばれる一品ができあがる。かつ丼に匹敵するうまさだと聞いたときは思わず膝を乗りだしたが、試したことはまだない。

いっぽう、倉敷には、土地に根ざした麩はなかった。先に書いたように、母が麩を使うのは味噌汁かおすましだけだったし、後年になってすき焼きに入れたりもしたが、そのうち麩は使わなくなった。割り下が減ってくると、鋳鉄の鍋底に焦げつきやすいから煩わしかったのだろうか（浅草の新仲見世通り、今半本店の座敷ですき焼きを食べたとき、牛肉や豆腐、ねぎの隣に数個の麩を見つけた瞬間に強烈な郷愁をおぼえ、動揺しながら理由を探してこの記憶に行き着いた）。フーチャンプルーとか、鍋物とか、卵とじとか、自分が育った土地と料理と麩の結びつきはとくにない。あるとき友人が、「実家で『貧乏すき焼き』と呼んでいた鍋があって、肉のかわりに車麩が何個も入っていた」と聞いたときは家族の情景が広がってかなりうらやましかったけれど、麩は味噌汁に浮いているだけで十分だった。そう思わせるだけの魅力が、麩にはあったということなのだろう。

ひとつ書き留めておきたい。麩の記憶にこびりついているなまなましい光景のことだ。

母の実家である祖父の寺に行くと、母屋の庫裏から本堂に渡る途中、鯉が泳ぐ小さな池があった。小さな渡り廊下のなかほどに立ち、祖父から手渡してもらった数個の麩をぽーんと投げ入れる。頼りなく手から離れて池に落ちると、ひと呼吸置いて水面がばしゃばしゃと音を立てる。突如として現れる金や黄や赤色の鯉の群れ。気圧(けお)されて凍りつきながら、いっせいに鯉がぱくぱくと口を開ける様子から目が離せない。ぽっかりと広がる無数の空洞の虚無。口の脇には長い髭が生えている。麩が襲われ、あっというまに飲みこまれて消えるから、ぞわぞわと怖い。

そうだ、味噌汁の表面も湖面のように光って揺れていた。

やっぱり牡蠣めし

東京駅構内の中央通路沿いに、日本各地の駅弁をあつかう「駅弁屋　祭」がある。それにしても「祭」とは絶妙の命名だなと、通りかかるたびに思う。旅という非日常を盛り立てる駅弁にはあらかじめ祝祭感がふんぷんと匂い、しかも全国津々浦々から集まった駅弁がところ狭しと並んで、連日花火が上がっている。いっぽう、ほの暗い感情も湧いてくる。ほんとうは、駅弁には旅先で出会いたいのに、切符も買わず鉄道にも乗らず、しかも出発地点の東京駅でどこかの土地の駅弁をせしめる行為に、どうしても背徳感がつきまとうのである。おまえ、ずるいじゃないか。自分に言いたくなるのだが、それでも誘惑に負け、たまに「祭」に吸い寄せられる。目当ての駅弁を発見したときはほくそ笑んだりしており、誰が見ているわけでもないのに気恥ずかしい。

ひさしぶりに「祭」を覗いてみようと思ったのは、東京駅で電車を乗り換えようと中央通路への階段を降りているときだった。駅弁はいまどうなっているだろう、健在だろうか。コロナ禍中、国内外の移動に制約がかかって観光地が苦しんでいる。旅の相棒の駅弁も打撃を受けているとしたらせつない——そんな思いが脳裏をよぎったのである。

ちらちらと目に浮かぶ駅弁があった。

高崎の「鶏めし弁当」。

ここ何年も、「祭」の棚の定位置に並ぶ「鶏めし弁当」を買うのを密かな愉しみにしてきた。JR高崎線・高崎駅の先、信越本線の横川駅には全国に名前を轟(とどろ)かせる益子焼の容器入り「峠の釜めし」があり、「鶏めし弁当」もまたロングセラーの名作駅弁だ。昭和九年生まれ、発売元は明治期創業の「たかべん」（高崎弁当株式会社）、先代が故郷九州のかしわめしにこだわってつくったと聞いたことがあるのだが、「鶏めし弁当」はとにかく駅弁としての完成度がすばらしい。平たく敷き詰めた茶飯、その上に鶏そぼろ、鶏の照り焼き、コールドチキン。舞茸入り肉だんごも一個入っている。箸休めは赤こんにゃく、栗の甘露煮、かりかり梅、漬物。ふたを開けると、もうたまらない。目に飛び込んでくる鶏そぼろのさらさら具合には、あきらかに手練れの技がある。「峠の釜めし」は横川駅で買い求めたことがあるけれど、こんなに好きなのに高崎駅で買ったことがない微妙な後ろめたさが箸の先にまとわりつくのだが、これも味のうちだと思うことにしてきた。

数メートル先からでも、「鶏めし弁当」はすぐわかる。昔ながらの素朴な掛け紙に赤い日の出、緑の野原で餌をついばむ赤いトサカとりっぱな尾羽の鶏が一羽、隣にかわいい雛が二羽。やや縦長の弁当箱に、紅白の糸を縒(よ)り合わせた紐が十字に掛かっている。いつもなら必ずそこにある愛くるしい「鶏めし弁当」なのだが、なぜか見つからない。見逃したのかなと思いながら店内を三周ほど巡ってみるのだが、やっぱりどこにも見つからない。

動揺しながら、店のひとに訊く。

「あのう、いつもここに置いてある鶏めし弁当は……」

ああ、と一拍置いて返事があった。

「高崎の鶏めし弁当ですよね。申し訳ないのですが、この状況下で入荷が止まったままなんです。いつ販売が再開できるか、僕らもまったくわかりません」

悪い予感が的中した格好だった。

いつも同じ場所にあると思いこんでいたのは、驕(おご)りでしかなかった。失って初めて、時代を超えて遺り続けること自体がむしろ奇跡だったのだと気づく。「祭」を出て、神妙な面持ちで東京駅の構内を歩きながら、願った。「鶏めし弁当」が無事でありますように、また逢えますように。

奇妙なくらい「鶏めし弁当」に入れ込んでしまう理由は、自分でもわかっているつもりだ。味のついためしなのだ。茶色に染まってところどころ鶏の味の染みためしには、むかし味わった驚きと興奮の残り香がいつまでもつきまとう。ふだんの白いご飯とはまったく違う、米ひと粒ひと粒の過剰なうまみと余韻。形はおなじ米でも、薄茶色に染まると茶碗のなかのめしの世界が激変する衝撃。しかも、せがんだわけではないのに、ちょうど「食べたいな」と思ったタイミングで食卓に上った。いや、その記憶は都合がよすぎるだろうと思うのだが、あくまでも私の記憶は『食べたいな』と思ったとき、母が炊いてくれた」と主張する。小学校に上がったばかりの頃、おかあさんはなんでもお見通しだったから。

冬場になると、母は牡蠣めしを炊いた。家族のあいだでは牡蠣ごはんと呼んでいた気がするけれど、いまは牡蠣めしと呼ぶほうがしっくりくる。牡蠣めし、蛸めし、穴子めし、鯛めし……天然自然の海の味には、素朴でざっくばらん、ちょっと下世話な「めし」の響きがよく似合う。そういえば、焼きめしにも同じことがいえるかもしれない。炒飯と呼べば、ぱらぱらに炒め上がった一品を期待してしまうけれど、焼きめしなら肩の荷が下りるし、ごはんのダマがあっても愛嬌でしかない。味噌汁にも合う焼きめし、紅生姜とひき肉と玉ねぎだけの焼きめし、匙(さじ)ですくって食べたい、なごみの焼きめし。

「うちでは、母が炊き込みごはんを『味ごはん』と呼んでいました」

そう教えてくれたひとがいる。

「炊き込みごはんは、中身が何であっても『味ごはん』と言ってきました」

なんてすてきな呼び名だろうと心を動かされた。炊き込みご飯や〇〇めしにはない、ふっくらと柔らかな響きをまとう「味ごはん」。私も「味ごはん」の呼び名に切り替えてみたい誘惑に駆られたけれど、調子よく横入りしてはいけない気がして踏みとどまった。割烹着の背中の蝶々結びが似合う「味ごはん」の響きには「味ごはん」と呼び習わしてきた家族の暮らしの細部が溶け込んでいるから。

さて、牡蠣めしの話である。冬になると何度か食卓でまみえる牡蠣めしは、待ち遠しくて、うれしくて、少し怖かった。

母が張り切って大皿に盛り上げたきつね色の香ばしい牡蠣フライの牡蠣、飯茶碗によそった薄茶色の牡蠣めしの牡蠣、おなじ牡蠣なのに、牡蠣めしの牡蠣は別ものなのだ。

うっすら醬油の茶色に染まっためしのなかに見つかる、小さく縮れた粒。見ようによってはみすぼらしい灰色の身の周囲に黒く細いフリルがついている。箸でつまみ上げると、情けないくらいへろへろにヨレているのだが、めしとともに頰張ると、舌を痺れさせる異様なうまみの波が押し寄せてくる。あさりやしじみなどの貝に似ているのかもしれないが、でも、この扁平な灰色の牡蠣のうまみの足もとにも及ばない。

茶碗一杯食べ終えるころには、舌の奥の両側がきゅうと痺れている。

「おかわり」

きれいに空になった飯茶碗を差し出すと、妹も急いで茶碗の中身を頰張る。もちろん父も早々にお代わりする（そういえば冬場、かつて倉敷川のほとりには「牡蠣船」が浮かんでいたと父に聞いたことがある。牡蠣の鍋料理を食べさせる船だったらしい）。

「はい」

しゃもじですくって次々によそわれたごはんの表面に顔を覗かせている縮れた粒の灰色や黒を発見すると、このお宝を大事に食べなくちゃという気にさせられる。そんなつもりはないのに、いつのまにか牡蠣に主導権を握られ、煽られていた。

それから何年も経って大学生になってから、文学の授業のとき、チェホフの短篇「かき」を読んだ。小雨のそぼ降る秋の夕暮れどき、モスクワの大通り。仕事を見つけることができず、いよいよ追い詰められて物乞いに立つ父、そのそばに立つ八歳の少年。馬車の音、食堂のランプ、街灯の光。少年の目に飛び込んできた貼り紙の文字「かき」。その意味がわからず父に訊くと、海にいる生き物だと言う。少年の妄想が刺激され、かえるのような動物を思い浮かべておぞましさに吐き気を催すのだが、自分の歯が勝手に噛み始め、恐怖に震えながらも食べるのを止められず、さらに怖気立つ。そこへふたりの紳士が通りかかり、少年を食堂へ誘いこんで――。

貧しさと屈辱にまみれた空腹の父子の姿がせつない。牡蠣という生き物の奇妙さ。正体のわからないものを口に入れる隠微な悦楽。ごく短い一篇なのに、首のうしろに冷たい濡れ雑巾が張りついたような気味悪さがいつまでも尾を引いた。初めて「かき」を読んだとき、牡蠣という生きもの／食べものがまとう理不尽さについて答え合わせをした気分になった。

いま、冬になると自分でも牡蠣めしをよくつくる。海の風味と醬油や酒の染みこんだ薄茶色の熱いめしは、自分でつくるのに、待ち遠しくて、うれしくて、畏怖の感情も否めない。しばしば魚屋に足を運んで牡蠣を買いに行かずにはおられないのだから、いまだに牡蠣めしという祭りに支配されている。

「悲しくてやりきれない」

コトリンゴがカバーした「悲しくてやりきれない」を聴いたとき、皮膚がちりりと反応した。身を起こして聴き直し、思った。長年捜してきたのはこれだったかもしれない。

「悲しくてやりきれない」という歌は、日本のスタンダードソングのひとつといっていいだろう。初めて世に出たのは一九六八年。加藤和彦、北山修、はしだのりひこの三人が結成したザ・フォーク・クルセダーズが歌った。

胸にしみる空のかがやき
今日も遠くながめ　涙をながす
悲しくて悲しくて

とてもやりきれない
このやるせないモヤモヤを
だれかに告げようか

（作詞・サトウハチロー　作曲・加藤和彦）

今日まで何度もカバーされ、歌い継がれてきたこの歌の詞は、サトウハチローによる。敗戦直後、日本中に響いた「リンゴの唄」、あるいは「二人は若い」「うちの女房にゃ髭がある」「目ン無い千鳥」「長崎の鐘」……一世を風靡した歌謡曲の数々を生み出した作詞家のひとりだ。音楽の教科書で知った「ちいさい秋みつけた」も、秋になると口ずさみたくなる。

サトウハチローと「悲しくてやりきれない」のメロディとの出会いを語る前に、べつの曲の存在にも触れておかなくてはならない。

「イムジン河」である。京都のアマチュア・バンドだったフォークルが、「悲しくてやりきれない」を発表する前年、六七年に発売した「帰って来たヨッパライ」が空前の大ヒットを記録した。（当時小学四年生だった私は、覚えたての「おらはしんじまっただー」「天国よいとこ」「酒はうまいしねえちゃんはきれいだ」を妹といっしょに機嫌よく唄っていたら、父に「ゲヒンな歌を歌うな」と一喝され、ものすごく不満だった。だって、へんな歌は子どもの大好物でしょう。ちょうど年末に大ヒットしていたから、クリスマスプレゼントにフォークルのレコードを買ってもらおうという魂胆はあっけなく粉砕して涙を飲んだ)。フォークルのプロ活動の二作目に決まったのが「イムジン河」で、作詞を手掛けたのはおなじ京都育ちの松山猛、作曲は加藤和彦。銀閣寺の近くの朝鮮中高級学校から聞こえてきた歌に触発され、松山猛が一番を補作、二、三番を作詞したメッセージソングである。ところが発売二日前、原曲に作詞者が存在するという理由で抗議を受け、レコードは廃棄処分になった。そののち「イムジン河」のオリジナル音源のシングルCDが発売されたのは二〇〇二年だから、三十四年間も封印されていたことになる。とつぜん放送禁止歌となった「イムジン河」の代替えとして発売された一曲、それが「悲しくてやりきれない」。

発売中止が決まってからわずか一か月でリリースされたこの歌をめぐるエピソードは、加藤和彦の発言などによって巷に伝わっている。サトウハチローに作詞を依頼したのは当時ニッポン放送の重役・石田達郎だったこと、いきなり呼び出され、三時間で曲を作れと言われた加藤和彦がギター一本抱えて重役室にこもり、時間内で作曲したこと、一週間後に出来上がってきた歌詞をみて加藤和彦は戸惑ったが、歌ってみると自分が書いた譜面とぴたりと合い、驚いたこと……名歌には物語がつきものかもしれないが、こうして時系列を追うと、時代の力や偶然によって押し上げられただけではないとわかってくる。核心にあるのは才気のスパークなのだ。石田達郎、サトウハチロー、加藤和彦、誰が欠けても「悲しくてやりきれない」は生まれなかった。これら一連の事実を私が知ったのは、九〇年代に入ってからだ。

コトリンゴのカバー曲を初めて聴いたのは、長編アニメーション映画「この世界の片隅に」（監督・片渕須直　原作・こうの史代　二〇一六年　東京テアトル）である。映画のオープニングで流れる「悲しくてやりきれない」は、戦争と広島を描く物語の哀しみを手渡しながら耳に届けるのだが、もともと「悲しくてやりきれない」は映画との相性も絶大で、「シコふんじゃった」（脚本・監督・周防正行　一九九二年　東宝）ではおおたか静流、「パッチギ！」（監督・井筒和幸　二〇〇五年　シネカノン）ではオダギリジョー（音楽監督は加藤和彦が担当した）が歌い、強烈な印象を刻んだ。名歌は、映像表現に普遍性を与える装置になり得る。

最初に流れる「悲しくてやりきれない」を、二度、三度、何度も聴きながら、うっすらと、しかしはっきりと「捜していたのはこれだ」と思った。まさか音楽だとは予想もしていなかったけれど。

捜していた理由は、きゅうりの酢の物にあった。

たいてい四角い小鉢だった。食卓に置かれた白地に藍模様の小鉢をのぞきこむと、しんなりと身を寄せ合う薄緑色のひとまとまりが目に入る。ちりめんじゃこが混じっている日もあれば、若布（わかめ）の黒が混ざって緑と黒のまだらになっていたり、母が財布の紐を緩めると、たまに焼き穴子が入っていることもあった。最初は「きゅうりもみ」と呼んでいたと記憶しているが、母か祖母が呼び方を変えたのだろうか、そのうち「きゅうりのすのもの」という名前が定着した。「きゅうりもみ」は、酸っぱいきゅうりが身をよじっている感じが好もしかったし、「すのもの」の響きは早口言葉みたいで楽しい。

初夏の小さなおかず。きゅうりは日本全国どこでも採れる野菜だし、食卓でもとくに目立つところのない料理なのだが、なぜだろう、年齢を重ねるにつれ、きゅうりの酢の物の存在感がじわじわと増していった。大阪で生まれ育ったアメリカ暮らしの長い友人と話していたとき、彼女が「カレンダーが六月に変わってから夏のあいだじゅう、心身を揺さぶられるなつかしい料理がある。それが鱧皮ときゅうりの酢の物だ」と話し始めたことがある。とっさに上司小剣（かみつかさしょうけん）の小説『鱧の皮』を思いだし、焙ってざく切りにした鱧の皮はこたえられないよね、ほかのものでは代替えがきかない独特の歯ごたえだから鱧皮ときゅうりの酢の物は特別な味がする、と前のめりになって喋ると、彼女は「余計なことを思い出させてくれるわねぇ」と苦笑いしたものだった。そういえば、京都の友人は「葵祭の頃になると、はもきゅうを食べないと落ち着かない」と言う。

箸でつまみ上げる小鉢のなかのきゅうりが、へろへろと頼りなく、弱々しい。箸の先ではさむと、あたしたち離れてしまうと心許（こころもと）ないんですと訴えかけ、薄緑色のひとまとまりになる。口に運んで噛むと、しゃきんしゃきんと鋭い音が耳奥で鳴り、甘酸っぱい酢の味が夜空をつんざく花火みたいに駆け抜けた。

いろいろな酢の物が食卓にのぼった。ままかりの酢漬け。ヒラときゅうりの酢の物。ズガニの三杯酢。じゃことわかめの酢の物。もずくの酢の物。しゃこの三杯酢。白瓜（しろうり）の雷干しの酢の物。瀬戸内海をはさんだ香川育ちの知人が、うちではじゃことわかめの酢の物が毎日のように食卓に出たよと話すのを聞いて、思った。ままかり、ヒラ、じゃこなどの雑魚をおいしく食べるための工夫として酢が使われたのではないかしら。酢は、骨や身を柔らかくするため、醤油は風味づけのため、砂糖はつんと尖った酢を和らげるため、ひとくちに三杯酢といっても、三つそれぞれに意味と働きがある。

年々歳々、それらの酢の物が忘れがたいものとして存在感を増してゆくのは、瀬戸内の味だからなのだろう。郷土料理の文献を調べてみると、たしかに酢の物は瀬戸内地方の食文化の一要素なのだ。でも、しきりに惹かれるのは郷愁のせいだけではない——ざらついた感情とともに、こうして自分がしきりに執着する酢の物とはいったい何なのだろうと考え続けてきた。四、五年前だったか、私の娘に「倉敷のおばあちゃんの料理のなかで好きなものは何」と訊いてみたことがある。すると、間髪入れず「きゅうりのお酢の物」と答えたから、びっくりした。とくに酢の物の話などしたこともないのに、自分を通過点として母と地続きになったレールの上を娘が歩いている感覚がやってきて、頭の奥のほうがじいんとした。母がつくるのは酢と醤油と砂糖を合わせた三杯酢で、ちゃっと簡単に合わせただけだと思うのだが、私がつくると、なぜか薄っぺらい味がする。

ずっと捜していた、母の酢の物の正体を教えてくれたのが音楽だった。音や声は、言葉よりはるかに速く意味を伝えることがある。浮遊する微粒子を音楽に換えて集めたようなコトリンゴの「悲しくてやりきれない」を聴くうち、奇妙な話だけれど、正体はこれなのかと思えたのだ。きいんと一点を突き詰め、弓を引き絞る酢の味の奥まったところには、その容赦のない鋭さゆえに、すでに終わったもの、失われたものの気配がある。

ちりりと痛みをともなう刻印、切り傷、瑕疵。

私は納得した。郷愁はいつも残酷をともなうものだから、と。

「この世界の片隅に」もまた、喪失を描く映画だ。広島市江波で少女時代を過ごし、呉に嫁いだ浦野すずの姿を通してこまやかに描かれる「普通」のありさま。皮が白くなるまで食べるすいか。摘んでおかずや汁に仕立てるすみれ、はこべら、たんぽぽ、かたばみ。新聞紙で釜のまわりを埋めて蒸らす飯。いも餅。弁当箱のなかの、尾頭つきのいわしの干物。だいこんを切る包丁の音にいたるまで、戦争によって「普通」という実在が根こそぎ失われる。

「悲しくてやりきれない」を作詞したサトウハチロー自身も、原爆投下によって身内を亡くした戦争の犠牲者である。八月六日、弟の節は広島中央放送局に転勤する友を見送ったが、別れがたく、大阪駅から転勤先の広島までついて行き、被爆した。

サトウハチローは弟を捜したが、遺骨も遺品も手にすることはできなかった。

「四季よ志」のこと

外食をしない家だった。

家族旅行に行くとき以外、どこかの店へわざわざ出かけて食べるということをしなかったから、十代半ばまでずっと、そういうものだと思っていた。

ハレの日は、母のつくるちらし寿司と決まっていた。秋につくる手の込んだ祭り寿司より手間は省かれていたが、私が中学に上がるころまで、子どもの誕生日といえばちらし寿司。酢飯にしいたけ、酢はす、高野豆腐、ちりめんじゃこ、干瓢、でんぶ、さやえんどう、錦糸卵。その前日あたりからいつもの段取りが始まり、干ししいたけを水に浸けて戻したのを甘じょっぱく煮る、長い紐状にふくらんだ干瓢をハサミで切る、柔らかく戻した高野豆腐を小さなサイコロに切る……小さな台所仕事の様子にちらし寿司の気配を察知し、誕生日が近ければ胸をなでおろした。ああよかった、あたしの誕生日は忘れられていない。

鰻の蒲焼にまみえるのは七月の終わり頃だった。

「どよーのうしのひだから」

なにかの呪文みたいだと思いながら、夏が来るたび、「どよーのうしのひ」の意味は知らないまま鼻をひくつかせた。

夕方、買い物から帰ってきた母の買い物かごから香ばしい匂いがぷうんと漂ってくる。ずいぶんあとになってから、鰻やあなごの蒲焼を買うときはあらかじめ近所の魚屋に頼んでいたと母から聞いたことがあるけれど、その魚屋もいまはもうない。大事そうにそろりと包みが持ち上げられると、買い物かごのなかに籠もる熱に煽(あお)られ、強烈な匂いがあたりに放たれた。ちょろりと染み出た茶色いたれ。触らなくても、包み全体がほっかりと温かいのがわかるから落ち着かず、台所から離れられない。もちろんいまも蒲焼のてらてらと光る艶には目が眩むけれど、夏休みに入った頃、母が買ってくる蒲焼のむっちりとした厚みや照りには到底敵わない。

そうこうするうち、父が帰ってくる。台所で遊んでいるふりをして横目で見ていると、めったに使わないふたつきの丼（そば屋で親子丼を頼むと出てくるような厚手のやつだ）が、食器棚から四つ取り出される。ひとつずつの丼に白いご飯が盛り込まれ、包丁で四等分に切り分けた蒲焼が横たわり、その上へうっすらとご飯をかぶせ、いったん視界から消える鰻。丼のふたが伏せられると、いよいよ鰻丼の登場だ。ご飯の下の蒲焼の大きさの違いは、母だけが知っている。

鰻という食べ物がまとう祝祭感を覚えたのは、だから、夏休みだった。

木枯らしが吹く時分になると、そろそろかなと身構える。土曜の夕食が二週に一度の割合でちり鍋になる、これが苦手だった。食卓に置いたガスコンロから青いゴムホースが伸びているのが、まず恐怖心を煽る。ホースの栓が外れたらどうなるんだろうという妄想から逃れられなかったし、ぐつぐつ鍋が煮えて湯気を立てているのに魚の鍋はどこかしいんと静まっており、そもそも鱈（たら）は味があるのかないのかよくわからず、たまに針のような細い骨がちくりと舌を刺した。いまなら舌の上でほろりと崩れる鱈の身の弾力に執着を掻きたてられるけれど、鱈はとかく正体不明の魚に思われて、どうしても好きになれなかった。けれども、真冬の土曜日の夜はそういうことになっていたので、不平も言わず粛々と食べた。なにか言えば「文句をいいなさんな」と返ってくるのはわかっていたし、素直とか従順とかそういうことではなく、これが自分の家なのだと思っていた。鍋を囲むこと自体に感じる普段の平日とは違う小さな弾みのほうが勝っていたように思う。青いゴムホースの異物感もふくめて。月末には、ごくたまに父の給料袋から奮発される牛肉のステーキかすき焼き。六〇年代後半あたりには、母が料理の本を見て覚えたホワイトソースのマカロニグラタンやシチューなどが食卓に上るようになった。そんなふうだったから、外食が入り込む隙間がなかったのである。

食べ物が、家を動かしていた。ちらし寿司や鰻丼やちり鍋やマカロニグラタンやすき焼きが現れては去り、また現れては去る。家自体が、食べ物の舞台でもあった。

ところが、家のすぐ隣に、外の味の扉が開いていた。

私が六歳から暮らした家は、倉敷駅から歩けば六、七分、美観地区と呼ばれる大原美術館やら蔵屋敷が立ちならぶ界隈から五分とかからないところにあった。家の玄関が向いているのは駅側、庭が向いているのは美観地区側、空気の異なるエリアの結節点。家の右隣に建ついっぷう変わった一軒の店は、そんな微妙な場所柄を物語っていたと、いまになって思う。

名前は「支那料理　四季よ志」という。「支那」の文言や、ちょっと奇妙な

「しきよし」の響きに昭和の匂いがふんぷんと漂う。私の家と「四季よ志」は、カギ形に折れる路の直角にそれぞれがべつの方向を向いて建っていた。

思わせぶりな店のつくりだった。路に面した店はごく小さく、すぐ背後の敷地のなかに広い空間の奥行きがある。敷地の左脇に、りっぱな石の門。碧色を帯びた敷石の通路。背の高い棕櫚竹の繁み。石灯籠。築山。それらを通り抜けたところに横長の家屋が見える。昼間はしんと静まり返っているのだが、日暮れて敷石の脇の照明灯がともると、家屋の輪郭が浮き上がり、さんざめきが伝わってくる。白い上っ張りを着た女のひとが銀色のワゴンを押しながら行き来するのを表から見かけるのだが、何を運んでいるのか、遠目にはわからない。通路の手前のハネ扉が開くと、割れんばかりの拍手喝采が聞こえてきたり、きゅうーんきゅうーんと細い糸が伸びるような調べが表まで流れてくることもあった。あるとき、妹と路上でボール遊びをしていると、蹴った方向がずれて、ボールが敷石の奥へ転がりこんでいったことがある。びくびくしながら通路を進み、植え込みの棕櫚竹の根もとを探っていると、禁じられた場所にこっそり侵入する興奮がやってきて背中が粟立った。

谷崎潤一郎の小説に『美食倶楽部』という奇天烈な作品がある。異様に食い意地の張った五人が、毎日のように邸や料理屋に集まって博奕（ばくち）やら饗宴（きょうえん）をくり広げる話。会員のひとりの伯爵が、ぐうぜん通りかかった一軒の家に引き寄せられると門柱に「浙江会館（せっこう）」とあり、宴会のにぎわいを路上で浴びるうち、猛然と欲望が煮え滾（たぎ）ってくる。

「実際、伯爵はまだ、真の支那料理というものを喰ったことはない。横浜や東京にある怪しげな料理は度び度び経験しているけれども、それらは大概貧弱な材料を使って半分は日本化された方法の下に調理されたので、支那で喰わせる支那料理は決してあんなまずいものではないということを、伯爵はしばしば人の話に聞いていた。伯爵は不断から、ほんとうの支那料理というものこそ、自分たち美食倶楽部の会員が常に夢みている理想の料理ではないだろうかと考えていた」

まだ味わったことのない本物の料理、しかも浙江省は数々の名菜の本場。想像と欲望をたくましくする伯爵は路上で地団駄踏むのだが、ひょんななりゆきから家のなかへ招き入れられて――。

食べることにまつわるエロスや滑稽がドス黒く渦巻いていっそ愉快なほどなのだが、初めて『美食倶楽部』を読んだ二十代のころ、私の網膜に現れたのがほかでもない「四季よ志」だった。まさか谷崎潤一郎の小説を読んで実家の隣の風景が引きずりだされるなど妄想したことさえなく、記憶というものの制御不能さにあっけにとられる思いがした。

七〇年代後半、「四季よ志」は消えた。大学生になって夏休みに帰省すると、あるとき右隣がごっそり更地になっている。驚いて父に訊ねると、どこかへ移転したわけでもなく、店そのものを閉めてしまったらしいが詳細は知らないという返事だった。だから、私にとって「四季よ志」は六歳から二十歳頃までの十四年存在していたことになる。奥に広がっていた家屋には、けっきょく一度も足を踏み入れたことがない。

さきに書いたように、外食をしない家だったから、すぐ隣なのに「四季よ志」に行くことはとくになかった。ただ、路に面した小さな店のほうに何度か足を踏み入れた覚えがある。そのとき決まって母の姿がなかったのは、母が留守のとき、父が子どもたちを連れて出かけたからなのだろう。

重いガラス扉を開けると、目に飛び込んでくる赤いデコラ貼りの円卓がすでに非日常の始まりだった。

炒飯。かに玉。あんかけ焼きそば。天津丼。支那そば。焼売。春巻。肉まん。ぜんぶ「四季よ志」でおぼえた。ごくたまに食べただけなのに、ぱらりと炒め上がった炒飯のうまさ、大ぶりの焼売のむっちりとした歯ごたえ、透明なあんに覆われたかに玉や天津丼の姿のよさ、支那そばのつゆのこく、ふかふかの肉まんに辛子醬油をつけてかぶりつく熱の興奮。街場で中華料理を食べたとき、（あっ、この味を知っている）と記憶の奥のほうがざわついて「この味、好きだな」と思うと、その味の糸の先は「四季よ志」に繫がっている。和食、洋食、イタリア料理などとならんで、自分のなかに〝「四季よ志」というジャンル〟が存在していると気がついたのは、ほんの数年前だ。

デパートの大食堂のつぎに知った外食の味。それがすぐ家の隣だったという事実に苦笑いが出る。あくまでも出かけていかない家だったんだな。そんなに家に嚙りつきたかったのだろうか。ごくたまに母がかに玉や天津丼をつくることがあり、もちろんうれしかったけれど、理不尽なくらいおいしさが違った。なにより、目がちかちかする赤い丸テーブルで食べる興奮がくっついていなかった。

「四季よ志」は、私の「美食倶楽部」だったのかもしれない。

饅頭の夢

酒と菓子は左と右、ちがう世界に棲むことになっている。でも、じつは池の下、ひと知れず土中で手を結ぶ睡蓮の茎に似ているのではないか。

旅に出るとかならず寄るのは居酒屋、食堂、そして地元の銘菓をあつかう菓子舗である。地酒のまわりには土地のうまいものが集まるし、食堂には土地のひとが集い、諸国の銘菓には風土が凝縮されている。饅頭ひとつ、羊羹ひと棹の背景や謂れを訊くと、大名や武家の存在があったり、茶文化との関係が解きほぐれたり、意外な習俗がひそんでいたり、土地の深層に遭遇することしばしばである。なのに、手が届きやすいのがうれしい。銘菓と呼ばれる菓子でも、通りすがりに表のガラス戸に顔をくっつけて眺めるだけで何となく伝わってくる風情があり、旅の者にも親切だ。駅前通りとか繁華街のすぐ裏手とか、すこし歩くだけで見つかりやすいのは、地元のひとが買いやすい場所にあるから。年季が入って苔むした木の看板の下に、買い物ついでの自転車が停まっていたりする。

つい先日も、湖北で愉快な思いをした。琵琶湖の北、JR北陸本線木ノ本駅で降りて散策していると、つぎつぎに菓子舗が現れるので、さすがはかつての北国街道の宿場町だなあと感じ入った。北国街道は北陸と近畿をむすぶ陸路としてにぎわい、木之本宿には本陣、問屋、伝馬所などが設けられた。室町時代から昭和初期には、丹波や伊勢、美濃、越前あたりから牛馬が集められて盛大な牛馬市が年に二回開かれた。そんな土地柄だからこそ、「冨田酒造」が銘酒「七本槍」を十五代に亘(わた)って守り、いまも「ダイコウ醤油」は杉樽で醤油造りを手がけ、あちこちに菓子舗が暖簾を掲げている。

昼下がり、ドアが開け放してあるから、辻(つじ)角の菓子舗にふらりと入った。カステラ、生菓子、どら焼き、飴(あめ)、羊羹、にぎやかな顔見せを順繰りに眺めていると。

「うっわ、うまそう~。これ買っちゃおうかな」

かわいい声が背後で炸裂したので振り向くと、黄色い学童帽をかぶった下校中の男の子が飛び込んできて、長細い竹包みを指差している。すかさず、おそろいの帽子の男の子が顔だけのぞかせて囃したてる。

「うそつけえ、金なんか持ってないくせに」

「えっしらねえの。おれ、菓子くらい買えるんだぜえ」

噴き出しかけたら、くるっと身を翻して外へ駆け出していった。泰然として表情も変えない店番のおばあさんの姿にも、どことなく宿場町の名残りを感じた。

男の子が指差したのが酒蒸し羊羹である。木之本名物の羊羹は竹皮に包まれてぺたんと薄く、定規みたいに平べったい。竹皮の折り込みを開いて現れる中身が、またすてきだ。さーっとひと刷毛、竹皮の上に熱い羊羹の生地を走らせた勢いそのまま、細長い一文字。その表面に写し取られているのは、竹皮の細い繊維の畝模様。素朴で控えめな風情なのに、あっさりとした味わいも洗練されている。なのに、一本三百円ほどの安さ。地元のひとによると、「店によって甘さがちがう」ので、それぞれの家庭で好みの味を買い分けているらしい。さっき「菓子くらい買えるんだぜえ」と男の子が指差したのは、いつも家で食べている羊羹なのだろう。

きっとあの子は、と思った。あの子は、何十年も経ってすっかりおとなになったとき、きっとこの酒蒸し羊羹を恋しく思うだろう。木之本を遠く離れていたら、よけいに。

内田百閒の随筆の冒頭に、こんなくだりがある。

「私は度度、大手饅頭の夢を見る。大概は橋本町の大手饅頭の店に這入(はい)つて、上り口に腰を掛けて饅頭を食ふ夢である」

（『御馳走帖』収録「大手饅頭」）

苦虫を嚙みつぶした百閒の顔が浮かぶところへ、ずばり饅頭を食う夢。意外な告白と人物像とのギャップにもっていかれるのだが、その大手饅頭の味と佇まいをじっさいに知っていれば、イヤそうですか百閒先生もやっぱり、と言いたくなる。

とても小さい。ふつうの饅頭の半分、いや三分の一、でかい梅干しに喩(たと)えてもいいくらい、大手饅頭はちんまりとしてかわいい（そういえば、岡山名物きびだんごも小さい）。あんをくるむ薄皮がまた、思わせぶりなのだ。うっすら透けて内側のあんの黒が見えるから、条件反射で甘さが伝わってくるし、まだらな透け具合が一個ずつ違う自然な趣の衣をまとう。生地は、蒸かした糯米（もちごめ）に麴（こうじ）をくわえて発酵させており、あんの風味にほんわりと甘酒の香りが混じる。こしあんは甘さ控えめ、あと口に甘みを残さず、もう一個、あともう一個……百閒先生でなくとも籠絡されてしまう。

大手饅頭は、岡山を代表する銘菓である。天保八年、岡山城の大手門の向かいに「大手饅頭伊部屋（いんべや）本店」が店を開いたことから、大手饅頭の名前がついた。謂れを辿（たど）ると、これが胸がきゅんとなる話なのだ。明治後期の不況のさなか、二代目銀造が早くに亡くなり、あとに残された妻、大岸梅が女手ひとつで店を背負う。もともとの饅頭は皮が厚かったが、創意工夫を凝らして薄皮に仕立て直し、いまの大手饅頭が生まれる。当時珍しい木造三階建ての店舗に替えるなど、梅さんは手腕を発揮し、大手饅頭を銘菓に育てた——ここではっとした。そうだったのか！　むかしから一個ずつ小さな紙パッケージに入っているのだが、その模様が梅の花なのである。なぜ大手饅頭が梅の花の柄にくるまれているのか、不思議に思わないでもなかったが、とくに意味を知ろうとしてこなかった。でも、やっと合点がいった。この梅の花模様は、梅さんへのオマージュなのだ。何十年も大手饅頭を食べながらいまさら気づいたわけで、迂闊だった。

さて、百閒先生は先の一文につづけてこう書いている。


「早くから店を仕舞ふと云ふ事を、子供の時に覚えてゐるので、夢ではいつでも、もう無くなりさうで、間に合はないから、大急ぎと云ふ、せかせかした気持がする。

子供の時は、普通のが二文で、大きいのが五文で、白い皮の一銭のは、法事のお供へだと思つた。

大きくなつてからも、県中の時も、六高の時も、大手饅頭はしよつちゆう買つて来て食つた。

二三年前、続けて夢を見た後で、あんまり食ひたかつたので、帰郷する友達に、今度東京に来る時お土産に買つて来てくれと頼んだ」


岡山の京橋にある店の閉店時間が早かったという子供のころの記憶が、夢のなかでも「せかせかした気持」に追い立てたというのである。いかにも短気でせっかちな性分らしく、またくすりと笑いがでる。なのに、夢にまで見ながらやっと手に入れたら、自分の手もとに届いたときは「みんな蛙を踏み潰した様になつて」、おまけに数日すると「毛が生えて」しまい、ひと騒動。

「夢の中で食つてゐる方が、手間もかからず味も申し分なくて、余つ程ましだと思つた」

これ以上ない、鮮烈な幕切れ。内田百閒の「饅頭を食ふ夢」のなかへ、ふたたび一気に連れ戻される。ひとつ食べればもう一個欲しくなる、このみじかい随筆の余韻は大手饅頭のそれに似ている。

あらためて、時代の波をかいくぐってきた銘菓の存在感に感じ入る。私の場合にしても、最初に大手饅頭を食べたのがいつなのかまったく思い出せないくらい身近なのに、梅の花模様の紙包みの口をひねって開くところ、麴の香りを鼻腔にほわっと感じるところ、数日置くと薄皮がすこしこわばって固く締まるところ、そこへ歯がくいっと食いこむところ、ちいさな饅頭にまつわる細部がいちいち甦ってきてたまらない気持ちにさせられる。

——ちょっとちょっと、あたしを忘れちゃいませんか。

さっきから、しきりに声が聞こえてくる。

もちろん忘れるわけがあるもんか。

倉敷の銘菓、むらすゞめである。

きびだんごにも大手饅頭にも、もちろん馴染みはふかいけれど、あちらは錚々たる岡山軍勢という感じ、いっぽうむらすゞめは倉敷生まれ、地元ならではの銘菓といえば明治十年創業「橘香堂（きっこう）」製ということになる。春夏秋冬、指でつまんだ回数が多いぶん、愛着が湧く。

一度見たら忘れられない姿をしている。薄黄色の生地の表面にぷつぷつこまかい穴。半円状、ふたつ折りにした生地の中央にきゅっとつまんで寄せた一本皺。中身はつぶあん。なんということのない素朴な風情なのだが、生地を焼くとき、小さな気泡ができる片面をあえて表側に仕立てることで、不揃いの穴模様がユニークな意匠に転じている。「江戸時代、備中米の豊年踊りをするとき被った、いぐさ編みの笠を模している」と教えてくれたのは、学校の教師だったかもしれない。もっとくわしい謂れを知ったのはおとなになってからで、名づけ親は当時の倉敷町長、林孚一（ふいち）。笠を被って豊年踊りを踊る姿を羽をひろげて稲穂に群がるすずめに見立てたと知ると、和製クレープは黄金の稲穂に見えてくるし、ぷつぷつの穴は米をついばんだ嘴の跡に見えてくる。包んだつぶあんが米つぶと重なってきて……ちゅんちゅんすずめが鳴く夢をつかのま見る。

介護施設で暮らす父を訪ねるとき、「なにか食べたいものはある？」と電話をかけて訊くと、「むらすゞめを一個か二個買ってきてくれりゃあそれでいい」と言うことがある。かつて好きだった酒は、むらすゞめのうしろでなりを潜めている。

III

おじいさんのコッペパン

コッペパンの話をしたい。

ふかっと雲みたいにやわらかくて、これといって特徴があるわけではないのに、手に持つとじんわりと安心感が広がるコッペパン。小学生のとき、だれかが学校を休むと、わら半紙でひと巻きして輪ゴムで止めたコッペパンと四角い銀紙包みのマーガリンを近所の生徒が届けることになっていた。あの子のいない机の上に、手つかずのまま置かれたコッペパンは大きく見えた。

さて、私が長く住んでいるのは、ちょっとくすんだオレンジ色のラインの電車が東京の東西を数珠つなぎに走る中央線沿線の街、西荻窪である。指折ってみると大学時代から四十数年なじんできたのだが、そうか四十年以上も、と意外に感じるのは、街の風貌が変わっていないからだ。デパートがない、ショッピングセンターやアーケード街もない、大きな土地開発もなく、小さな個人商店がてんでんばらばらに広がるモザイク模様みたいな街だから、新旧の入れ替わりはあっても全体として変化が見えにくい。こんなに住みやすくて面白い街はめったにありませんよ、と羨望のまなざしを向けられることしばしばだが、だから自分もこんなに長く住み続けているのかなと思う。

つい先日、ここで生まれ育ったひとと居酒屋で隣り合わせた。たまたま私の著書を読んでくださっている方で、焼酎のお湯割りを片手に会話が弾んだ。何の話をしているときだったか、彼女が「私が大事に思っているお店は」と言い、私も瞬時に三軒ほど閃いたが、そのうち二軒が閉店してしまった事実に気づいて内心うろたえた。

熱い焼酎をつうと啜って、彼女は続けた。

「しみずやさん」

えっと声を上げそうになった。

いましがた閃いた三軒のうち、残った一軒が「しみずや」だった。

八十五歳のおじいさんがパンを焼いて売る、ちいさな、本当にちいさなパン屋さん。駅からまっすぐ五、六分歩いて右角を曲がると、土地から生えたような風情でひっそり佇んでいる。とくに看板はない。数年前は茶色のテント屋根に白文字で「作って売る　しみずや」とあったけれど、いまはテント屋根だけ作り直して「しみずや」四文字だけになった。

すこし重いガラスの引き戸を、指先にちからを入れてがらがらーと開ける。すぐ目の前に現れる対面式のショーケースは、ガラスのくすみも傷も擦れも歳月の証しだ。奥に置かれた年代物のレジスターとそろばんも、私が大学生だった頃から変わっていない。

バットに並ぶ小ぶりのコッペパンは、いつ来ても目移りする魅惑のラインナップである。

コロッケサンド。たまごサンド。サラダパン。えびカツサンド。かつサンド。焼きそばパン。ピリ辛チキンサンド。鮪(まぐろ)かつサンド。カレーパン。揚げクリームパン。ほかにチョココロネ、クリームパン、りんごパン、クッキーやラスク、もちろん食パンも揃うし、バゲットが数本並んでいる日もある。

このすばらしき品揃えを、おじいさんは奥の厨房で、朝からひとりで焼いてこしらえている。だから、開店時間は昼過ぎ、平日は種類が少なめ。でも、通い馴(な)れた地元のお客はその仕事ぶりをよく見知っているから、シャッターが上がるのを気長に待ち、当日のパンのなかから選んで買ってゆく。

十一月最後の日曜日、午後二時過ぎ。今日は「しみずや」でパンを買おうと決め、がらがらとガラス戸を開けたら、めずらしくフルラインナップなので驚いた。

「わあ今日はすごいですね」

「今日はね、娘が午前中に来て手伝ってくれたんですよ。でも大変ですよ、もう精一杯」

ありがたさがもくもくとふくらみ、コロッケサンド、たまごサンド、カレーパン、食パンのほかに、友だちの家の分のカレーパンと揚げクリームパンまで買った。

おじいさんは、おなじ中央線沿線の阿佐ヶ谷でパン職人の修業をしたのち、一九七〇年、二駅先の西荻窪でパン屋を開店した。「しみずや」は店舗を譲り受けたときの屋号で、新しい名前に変更すると何かと物入りだから、そのまま「しみずや」の名前を引き継ぐことにしたらしい。昭和から平成をまたぐ「しみずや」の半世紀に戦後のパンの道のりが重なっていると気づくとき、手にぶら提げた袋のなかのコロッケサンドが、たまごサンドが、カレーパンが、ずんと重みを増すのである。

敗戦直後のコッペパンをめぐる状況をすこし説明したい。食糧難が深刻だった時代、アメリカが「食糧援助」の名目で余剰小麦を日本へ輸出した。農業の近代化の過程で小麦や大豆などの余剰生産物を抱え込んでいたアメリカは、その解消手段を日本への小麦の輸出にもとめたのである。かたや物資不足や凶作にみまわれて飢餓にあえぐ敗戦国日本は、これに飛びついて食糧の安定供給や栄養改善などに利用した。当時、街に現れた新商売のひとつがパンの委託加工所で、配給された小麦粉を持参すると、その小麦粉でパンを焼いて渡してくれる仕組み。ささくれだった戦後の空の下、鉄板と火力を元手にして作られた委託加工所から焼きたてのパンの匂いが流れるところを想像すると、なんともいえない気持ちになる。一九五四年、全国に学校給食法が施行され、コッペパン、脱脂粉乳、おかずを組み合わせた完全給食がはじまった。コッペパンは軽くて持ち運びが簡便、乾いているから衛生的、調理の手間がかからない、管理しやすい、配膳しやすい、食べやすい……学校給食にコメが導入される七六年まで、コッペパンは学校給食の主食を担っていた。

つくづく私はコッペパンの申し子だ。鯨の竜田揚げだろうが、クリームシチューだろうが、筑前煮（ちくぜんに）だろうが、どんなおかずのときでもコッペパンをむしゃむしゃ食べこなしながら大きくなった少年少女のひとりとして、アメリカの深謀遠慮もいっしょに腹におさめてきたと思えば癪にさわるけれど、公立小・中学校の九年にわたってコッペパンや食パンを頼りにした事実は否定のしようがない。給食を初めて食べた日、臭くてぬるい脱脂粉乳をちびり、ちびり涙目で飲み下した灰色の悲しみはいまもけっして忘れないが、それでも、ちぎったコッペパンにマーガリンと赤いいちごジャムを塗って頬張ると、ふかふかとやわらかな心地になった。コッペパンはなにかの逃げ場でもあっただろうか。さらには、脇を半分こじ開けて鯨の竜田揚げやコロッケを押し込むと、サンドウィッチとは全然ちがう〝かぶりつくうまさ〟を知った。あれは丼ものをかっこむうまさに通じている気がする。

西荻窪に「しみずや」が開店した一九七〇年、ちょうど私は倉敷で「岡山木村屋」のパンを食べていた。

木村屋という名前が語っているように、「岡山木村屋」は銀座の「木村屋」に縁がある。「岡山木村屋」を創業した梶谷忠二の修業先は、明治天皇にあんパンを献上した木村安兵衛が営む「銀座木村屋」、梶谷はパン職人として修業を積んだのち、大正八年、岡山で店を開く。東京で習得したパンの味はたちまち好評を博したのだろう、着々と支店を増やし、昭和四十年代に入ると倉敷駅の近くにも専売所ができたようだ。母は、知人が始めたこの専売所でいつも食パンやロールパンを買ってきた。

ときどき、母が十分ほど出かけていなくなる朝があった。たいてい朝七時半過ぎだった。勝手口のドアが開けっ放しなので、お母さんは朝からどこへ行ってしまったのだろうと不安に駆られていると、帰ってきた母がつっかけサンダルを脱ぎながら「パン、買いに行ってた」。買い物かごから食パンとロールパン二本がのぞいていた。

ロールパンは、私と妹のぶんだ。一本はバナナクリームロール、もう一本はコーヒーロール。厚くてやわらかな生地となめらかなクリームが口のなかで混ざると、じゃりっと甘いつぶが舌を騒がせる。バナナやコーヒーのあざとい香り。最近になって、このバナナクリームロールが岡山名物になっていると聞いたときはにんまりと笑いがでた。盛岡「福田パン」、長浜「つるやパン」、松本「小松パン店」、小倉「シロヤベーカリー」……日本のあちこちに、がぶりと頬張ればコンマ一秒でおとなが子供になれる土地に根ざしたパンがある。

それらに一歩もひけをとらない、わが街西荻窪の「しみずや」のコッペパンである。ふんわりしているのに、ぐーっと引きのつよい生地は「しみずや」の真骨頂、噛みでがあるというか、はさんだコロッケやかつをがっちり引き受けてくせになる味。ご飯に似ている。

かつて、胸が潰れる思いがしたことがある。

十五年ほど前、とつぜん「しみずや」のシャッターが降りた。一か月が過ぎ、半年が過ぎ、このまま閉店してしまうのだろうか、気が気ではない。砂を噛む思いで店の前を何度も行き来した。ある日、シャッターが上がった。ショーケースのなかはぽつんとして品薄だったが、とにかくシャッターは上がった。

その理由を知ったときは声がでなかった。いつも店番をしていた奥さんが六十九歳で急逝、傷心のあまり閉店しようと思い詰めたのだという。娘さんの励ましでふたたび店を開け、現在にいたる。

レジの隣、店のぜんたいを見渡せる場所に明るい笑顔の奥さんの写真が額に入れて飾ってある。私は、何度も奥さんからパンの包みを受け取ってきた。いまも、白い制帽と白い上っ張りがトレードマークの金原勇三郎さんからコッペパンや食パンを受け取るたび、写真のなかの奥さんに会っている。

すいんきょがでた

楳図かずおの漫画の怖ろしさは桁外れだった。夜中にトイレに行けなくなるし、ページを開いたら心臓がバクバクするのがわかっているのに、またぞろページを開きたくなる。いまも「楳図かずお」の五文字を見ただけで背中が粟立つから、赤白のボーダー柄Tシャツをお召しのもしゃもしゃ頭の楳図かずお先生を吉祥寺や西荻窪の駅でお見かけすると、むしろリスペクトの気持ちが湧いて心のなかで手を合わせたくなる。

指にざらつくページをめくりながら、ひいっと目を剝いたのは一九六六年、八歳だった。『週刊少女フレンド』連載「へび少女」。まだ「アタックNo.1」も「ガラスの城」(いずれも『週刊マーガレット』連載)も始まっていなかったから、『週刊少女フレンド』や『りぼん』(たまに友だちの家で『なかよし』を読んだ）を愛読しており、前作「紅グモ」も『週刊少女フレンド』で読んでいた。双子の姉妹のどちらかが埋葬され、暗闇のなかで目覚めたら閉じた棺のふたが自分の顔面すれすれに迫っている絶体絶命の姿がえぐい。

「へび少女」には、もっとドライブがかかっていた。

継母が意のままにへび女に変身し、継子の少女をいじめ抜く話。もろ肌脱いだ継母が、背中一面を覆うへびの鱗（うろこ）を見せつけて脅す、鍋のふたを開けるとへびがとぐろを巻いてぎっしり詰まっている、口を逆三角に広げてシャーッと襲いかかってくる、コマ割りまで目に焼きついている。なぜここまで恐怖が植えつけられたのか、それは、へび女のおぞましさや意地の悪さだけではなく、継母に現実をすり替えられた少女が「自分が見た光景はマボロシなのか」と自分を疑いはじめるからだ。たったいま継母の肌がへびの鱗に覆われていたのに、「あら、どうしたの」と優しく振り向かれたり、ふたたび鍋のふたが開くとおいしそうなすき焼き（だったと思う）に替わっていると、少女といっしょにドス暗いマボロシを見てどん底に突き落とされる。

読んだ日の夜は、頭から布団をかぶって寝た。自分の体温でぬくめた闇のなかで、あたしのお母さんがもしへび女だったらと想像するとおしっこを漏らしそうになるくせに、黒い刺激が湧いてくるからコマ割りを思い出さずにはいられない。ちょうどその頃、男の子たちは、『少年マガジン』で楳図先生の「半魚人」や「ひびわれ人間」を読んで震え上がっていたらしい。ちばてつや「あしたのジョー」がスタートするのは六八年、時代の夜明け前、楳図先生の恐怖漫画は全国の少年少女たちの首根っこをつかんでいた。

「へび少女」の連載が終了して胸をなでおろしたら、すかさず「赤んぼ少女」がスタートしたのには度肝を抜かれた。屋根裏で隠されて育った醜い容姿の赤んぼタマミを、施設から父に引き取られて帰ってきた美少女葉子が世話をすることになる。ひとつ屋根の下で勃発する陰湿なバトル。ゴシックホラーなどという言葉はもちろん知るはずもなく、しかし、震えながら読むうちにタマミに感情移入しはじめ、いつのまにか読み止められなくなっている。いま、『楳図かずお画業55周年記念』（講談社）と題されたオリジナル版作品集で「へび少女」「赤んぼ少女」ほか恐怖漫画の代表作が読めるのだが、このトシになっても布団をかぶって寝ることになりそうで、手が出せないでいる。

さて、「へび少女」を語らずにはおられないのは、私には当時、「へび少女」と双璧をなす存在があったからだ。

すいんきょである。

素隠居と書くと知ったのも、その謂れを知ったのも何十年も経ってからのことで、十代になっても〝すいんきょ〟という響きだけで足に震えがくるほどだった。いまも、その名前を聞くと冷静ではいられない。へび少女や赤んぼ少女は楳図先生の世界の住人だけれど、なにしろすいんきょは生身の姿で子どもを追いかけ回すのだから、傷のふかさが違った。

すいんきょは黄土色の大きなお面をかぶっている。髪も眉毛も白髪。のっぺりとした逆三角の扁平な顔で、目のところに小さな丸い穴がふたつ。着ているのは染め抜きの牡丹柄の小袖、おなじ染め抜きの獅子の巻き毛模様のパッチ、足にはわらじ。背中で十字にたすきを掛けているので、むきだしの両腕が肩のあたりからにゅっと出ており、バサバサに荒れてホネの出た渋うちわを一本持つ奇怪な姿で、年に二度、倉敷の産土神「阿智神社」のお祭りのときにどこからともなく現れる。

すいんきょに見つめられたら、へびににらまれた蛙になる。だれかがお面をかぶっているのだから落ち着け、落ち着け。必死に深呼吸してみても、のっぺりとした表情のなさがともかく異様で射すくめられる。なにかに喩えてみたいのだが、似たものが思いつかない。表情のない大きな顔をわずかに傾けてじーっと見つめられると、ただ戦慄が走る。

「秋田のなまはげみたいなもの？」

以前、すいんきょがどんなにこわいのか懸命に説明しているとき、友だちに訊かれた。

「そうそう、なまはげの存在に似ている。なまはげは『泣く子はいねがー』って言いながら、家に上がってきて迫るけど」

言いながら、途中で気がついた。

「けど、すいんきょは言葉をいっさい発しない。無表情、無言。だから、よけいに不気味でぞっとする」

追い詰められて渋うちわで頭をはたかれると、ほとんど失神寸前だ。

すいんきょの謂れはこうである。

元禄時代、阿智神社のお祭りの当番にあたっていた戎町の大店の老夫婦が、寄る年波に勝てず、お神輿のお供ができなくなった。そこで一計を案じ、自分たちの顔に似せた翁と媼のお面をつくり、店の若い者たちにかぶせてお供をさせたというのだ。戎町は、倉敷が天領となって商業の町として栄えはじめた頃、宝永七年（一七一〇）の絵図には「夷町」と記されていた。商いの守り神、恵比寿さまにちなんだ名前の町には、その頃百七十三軒の家があったという記録が残っている。すいんきょの生みの親はそのうちの一軒の商家だったのだから、倉敷の歴史ともつながっている。
いまも、阿智神社の春と秋のお祭りには、境内で唄にあわせてすいんきょ踊りが奉納されるのが慣わしだ。

ハァー　天領倉敷　ハァコリャコリャ
代官屋敷　ハァヨイヨイヨイトナ
阿知の田浦は黄金の波よ
お国自慢のお蔵米
ホラ　すいんきょらっきょで
ヨイヤサ　ヨイヤサ

「すいんきょらっきょで」のくだりも、耳に焼きついている。〝らっきょ〟は、すいんきょが子どもを追いかけ回すうちに走り疲れ、口をすぼめてはぁ〜と息をつく様子をらっきょうに喩えたと聞いたことがあるけれど、そもそもお面なのだから語呂合わせだったかもしれないが、笑いたくても笑えない。
男の子たちが、わざとすいんきょの近くににじり寄って決まり文句で囃(はや)したてた。

すいんきょ　らっきょ　くそらっきょう
ことしのらっきょう　すいぃ（酸い）ぞ

あの頃の子どもは、単純なぶん、囃す調子にほがらかさがあったから、お祭りがにぎやかに盛り上がった。すいんきょも万事承知、さかんに煽るほどやっきになって向かってくるので、そのたびに子どもたちはわーっと歓声を上げながら蜘蛛の子を散らして逃げ出す。すいんきょは神出鬼没。いったい何人いるのか、町のあちこちで同じ光景が繰り広げられていた。私は阿智神社の長い石段の途中ですいんきょにばったり出くわし、妹の手を握ったまま母の背中に隠れてぎゅっと目をつむったときの恐怖をいまも身体のどこかに飼っている。もちろんすいんきょは許してくれず、わざとゆっくり母の後方に回りこむ。

パシッ。

ざんばらになった竹のホネが、自分の頭に当たって鳴る乾いた音。子どもがいくら泣き叫んでも、おとなたちがにこにこ笑っていたのは、すいんきょに頭をはたいてもらうのは縁起のいいしるし、無病息災のご利益があるとされていたからだ。

阿智神社の参道には、お祭りのたびに小さな屋台がたくさん並んだ。ヨーヨー釣り。金魚すくい。射的。綿あめ。お面。ソースせんべい。カルメ焼き。天津甘栗。杏あめ。焼きそばやたこ焼きの屋台は、まだなかった気がする。とにかく欲しかったのは綿あめだった。母の腕にぶら下がってせがみ、ようやく買ってもらえることになると、円筒形の屋台の脇に貼りついておじさんの手もとを見つめた。

おじさんが割り箸の先を円形の機械の溝のなかに差し入れ、ゆっくり白い糸を絡め始めると、割り箸のまわりがしだいに大きく膨らんでひとかたまりの雲になってゆく。「ハイ」と手渡されても、すぐに口はつけないのは、買ってもらって夢見心地になっているわけではなかった。いったん舐めてしまうとふわふわの雲がひきつれ、無残に崩れ始める。いったん自分の手に握った完璧な風船形が、舐めていびつに変わってゆくのを目の当たりにするのが、もったいなくてくやしい。

すいんきょの毒。綿あめの甘い夢。参道の木陰のすきまから、赤と白のボーダー柄のTシャツを着た楳図かずおが綿あめを舐め舐め、こっちをじいっと見ている。

眠狂四郎とコロッケ

みすず書房のPR誌「みすず」の表紙裏に連載されていた小沢信男さんのエッセイ「賛々語々」を長く愛読してきた。二〇一九年十一月号「106　一茶忌」は、「小林一茶の命日は陰暦十一月十九日」という一文ではじまるのだが、話は意外な展開に進み、浪花節について触れたあと、こう綴られる。

「文学青年のはしくれでドストエフスキーもヘミングウェイもブレヒトも魯迅も太宰治も読みかじってきたはずなのに。老来拭うがごとく忘却のかなたから、どうして次郎長一家がすらすら浮かぶのか。

とりわけ戦後に強烈だったのは映画だな。高倉健と池部良が、義理が重たい男の世界ゆえに修羅場へ向かう姿など、胸がふるえた。耳には『唐獅子牡丹』

が切れぎれによみがえる。テレビドラマで超人気だった股旅物の唄『だれかが風の中で』なども。

やはり自在な表現力の魅力だな。ところがこの任侠路線が、ちかごろとんと下火、いっそ皆無に近いのはなぜだろう」

そして、任侠路線が廃れかけていることについて「なんと糞つまらない世の中になったものだろう」と嘆く。

昨今の「反社会的」という言葉を安易に持ち出す風潮が、とても居心地がわるい。出演俳優が薬物使用していたという理由で国が映画の助成金の支給を取り消したり、ドキュメンタリー映画への批判を恐れた主催者側が映画祭での上映を中止しようとしたり、それこそ「自在な表現力」を痩せ細らせるイヤな力がちらつき、観客を馬鹿にするんじゃないと毒づきたくなる。

高倉健と池部良が決死の覚悟で殴りこみに向かうシーンは、いわずと知れた昭和の名作「昭和残侠伝」第七作「死んで貰います」（一九七〇）の白眉である。池部良が懐にドスを仕込んで歩きはじめると、高倉健が「カタギのおめえさんを行かせるわけにはいかねえ」。すると、池部良がドスに指をかけ、親指で封をぶちり。「唐獅子牡丹」が流れるなか、池部良の名ぜりふ「ご一緒、願います」。こうして書いているだけで呼吸が荒くなってくるわけだが、あの名場面は、義理に生きる任侠の世界にあってこそ輝いたのである。

私がはじめて破滅の香りを映画に嗅ぎ取ったのは、小学二年か三年生のときだった。

一九六〇年代当時、駅の近くに東映作品がかかる映画館が一軒、住宅地寄りのところに大映作品がかかる映画館が一軒あった。東映のほうには、親に連れられて「一〇一匹わんちゃん大行進」「ジャングル・ブック」などのアニメーション映画を観にいった。「わんわん物語」で観た飼い犬のレディと野良犬のトランプがひと皿のスパゲッティを食べるシーンは、いま思うと、あれはスパゲッティという食べ物を初めて目撃した視覚体験だった。なかよしのレディとトランプがおのおの咥(くわ)えるスパゲッティが幅広のリボンみたいに皿から伸びる光景は、それがどんな食べ物かも知らないのに喉が鳴った。

問題はもう一軒、大映の映画館のほうだった。その映画館のまえを通るとき、子どもごころに見てはいけないものを見る罪悪感がつきまとい、気がつかないうちに早足になった。見たいのに見ちゃいけない、なのに見たい、説明のつかない後ろめたさがこびりつく。

小学校に通う道すがらだったから、通らないわけにはいかなかった。通学路ではなく、そこを通ると近道だとわかったから、いつからともなく通るようになったのだ。

商店街の途中、精肉店の左脇のせまい路地を進むと、とつぜん異界が出現した。「大怪獣ガメラ」や「大魔神」がかかっていたときは、道端に展示されたポスターや実写シーンの写真（ショーウィンドウのようなガラスの内部にモノクロの写真が何枚も貼りだされていた）にびっくりしたり、震え上がっているだけでよかったのだが――。

ある日、黒い着流し姿のお侍が現れた。

眠狂四郎。

市川雷蔵が演じる妖しの美丈夫、眠狂四郎が刀剣をひたと構え、赤いランドセルをしょった小学生を見下ろしている。気を緩めたとたんに刀剣が振り下ろされそうな、異様な緊迫感。鋭利な目つきに見据えられてどきどきするのだが、かといって、立ち止まってポスターや写真をまじまじと眺める勇気はなかった。

眠狂四郎は、柴田錬三郎の代表作「眠狂四郎」の連作に登場する主人公である。転びばてれんの父と日本人の母とのあいだに生まれ、実の父を殺めた宿命を背負いながら、隠密として死の翳をまとわせる男。一九五六年、『週刊新潮』で「眠狂四郎無頼控」がスタートするなり大評判をとり、さっそく映画化された。同年、最初の東宝作品版の狂四郎役は鶴田浩二。そのあと大映作品に移行し、「眠狂四郎殺法帖」(六三)から「眠狂四郎悪女狩り」(六九)まで全十二作、市川雷蔵の当たり役になった。じつは六九年、市川雷蔵は肝臓がんを患って三十七歳の若さで逝去するのだが、最後の出演作になった第十二作の撮影のときはすでに体力が弱っており、立ち回りは代役がおこなったと伝えられている。その後、松方弘樹が狂四郎役を演じて二作の映画が公開されたけれど、興行はうまくはいかなかった。つまり、映画のなかの眠狂四郎は、市川雷蔵の死によって封印された。

のちにテレビ化もされている。七〇年代には田村正和が、八〇年代には片岡孝夫(現・片岡仁左衛門)が演じているのだが、映画館のまえを通るだけで足がすくんだ体験に縛られている私にとっては、やっぱり「雷さま」の狂四郎しかあり得ない。

しつこいようだが、いや何度でも書きたいのだが、狂四郎の佇まいは異様だった。孤独だった。隙がなかった。美しかった。

柴田錬三郎の筆致もキレキレである。

「『眠狂四郎の円月殺法を、この世の見おさめに御覧に入れる』

静かな声でいいかけるや、狂四郎は、下段にとった。刀尖(とうせん)は、爪先(つまさき)より、三尺前の地面を差した。そしてそれは、徐々に、大きく、左から、円を描きはじめた。男の眦(まなじり)が裂けんばかりに瞠いた双眸(そうぼう)は、まわる刀尖を追うにつれて、奇怪なことに、闘志の色を沈ませて、憑(つ)かれたような虚脱の色を滲(にじ)ませた。

刀身を上段に——半月のかたちにまでまわした刹那、狂四郎の五体が、跳躍した」

(『眠狂四郎無頼控(一)』柴田錬三郎　新潮文庫)

すっかり大人になってから柴田錬三郎の小説を立て続けに読み、名画座で雷蔵出演の映画を観たのだが、ポスターで狂四郎が刀剣を構えていた型の名前が「円月殺法」だと知ったときの感動といったら、なかった。なにからなにまでかっこよすぎるじゃないか。さいとう・たかをが創り出したスーパー・スナイパー、ゴルゴ13が世の中に登場するのは六八年だが、ダンディで冷徹なゴルゴ13の人物像のなかに、眠狂四郎の虚無の美学が存在していると勝手に推察している。贔屓の引き倒しだろうか。

眠狂四郎と市川雷蔵のことなら話が止まらなくなってしまうのだが、このへんで湯呑みをつかんで渋茶をひとくち、ごくりと飲みたい。コロッケの話がある。眠狂四郎にまつわる記憶にコロッケの香ばしい匂いがまとわりついているのは、私だけだろう。

先に「商店街の途中、精肉店の左脇のせまい路地を進むと、とつぜん異界が出現した」と書いた。この「精肉店の左脇」、ちょうど曲がり角の露天にあったのがコロッケを揚げる場所なのだった。

朝、登校するときに通ると店はまだ開店しておらず、その少し先にある映画館もひんやりとして静まり返っている。ところが、夕方に下校するとき、風景は一変している。眠狂四郎のポスターや写真をチラ見しながらやり過ごし、精肉店の脇に差し掛かると、ステンレス製の四角いフライヤーのなかに茶色の油がたふたふ揺れ、熱い湯気が上がっている。

長い菜箸を持ってコロッケを揚げているのは、白い上っ張りを着た精肉店の丸顔のおじさんだ。おじさんは、白いコロッケを油の海のなかにそっと送りこんだり、こんがりきつね色に染まったコロッケを引き上げたり、行き遇うタイミングによって場面が違う。とりわけたまらなかったのは、揚げたばかりのコロッケが網のうえにずらり、行儀よく整列している光景である。たしか一個十五円。家に帰ったらおやつがあるはずだけれど、茶色いトゲがつんつん尖ったのを眺めながら角を曲がるとき、ぶわあっと巻き起こるきつね色の匂いに一瞬、我を忘れた。いま思いだしても、鼻先がひくひくする。

土曜日の昼、母がこのコロッケを買ってくることがたまにあった。紙包みのなかでパン粉のトゲがしゃりしゃり音を立てる。ほの温かい。すこしウスターソースをかけて囓りつくと、衣を破って、柔らかな熱いじゃがいもがとろりと広がった。私にとって理想のコロッケは、いまもあのとき食べた牛ひき肉のつぶつぶ具合であり、すこし薄めの小さな小判型である。

市川雷蔵という稀代の俳優を喪ったあと、大映は経営不振に陥ってゆく。小学校を卒業すると、もう映画館の道を通ることはなくなったけれど、ごくたまに通りかかるとお姉さんのあられもない姿が目に飛び込んでくることがあった。大映の起死回生エロティック路線、渥美マリ主演「でんきくらげ」（監督・増村

保造　一九七〇)。それでも、市川雷蔵の妖しいオーラは網膜から消えなかった。
コロッケの匂いといっしょに消えない。

インスタント時代

ここでチャジャンミョン！

思わず笑いがでた。

第九十二回アカデミー賞の最多四部門を受賞した映画「パラサイト　半地下の家族」。エンターテインメント作品として文句なし、脚本から構図まですべてが周到な計算のうえに成立しており、隙がない。スクリーンに見入りながら、チャジャンミョンの扱いにも舌を巻いた。

超高級住宅に住む美貌のパク夫人が、お手伝いさんに夜食を用意してくれと言いつけて作らせるのがチャジャンミョンだ。ハヤシライスにちょっと似たとろみの強いたれ（韓国の黒味噌「春醬」で作る）を麺にかける、とても庶民的な味。むかしは食堂や出前で取って食べられていたが、インスタント麺市場が成熟している韓国では当然のように袋麺バージョンが売り出され、いまではインスタントラーメンとチャジャンミョンは双璧をなす人気ぶりだ。お金持ちの洒落た生活をするパク夫人も袋麺のチャジャンミョン好き、というところに皮肉が仕込んである。さらには、お手伝いさんが作ったそれには、わざわざ厚切りの高級牛肉を焼いたのがのせてある。そのココロは、ほら、カップ麺にカスカスの小さな乾燥肉が入っているでしょう。あれの代わりに、包丁でスーっと切った高級牛肉のソテーをのせることで生活の格差をみせつけるという別方向からの皮肉。ポン・ジュノ監督はつくづく芸が細かい。

韓国人のチャジャンミョンにたいする偏愛ぶりから脚本や演出の細かさまで、みじかい場面にも見どころが満載されて、「パラサイト」はひと筋縄ではいかない……と書いていたら、だんだんせつなくなってきた。コロナ禍によって映画館が閉じたまま二か月近く、あのとき身を乗り出して観た大きなスクリーンが恋しく、強烈な喪失感が迫ってくる。

ところで、ごく当たり前に飲んだり食べたりしてきたものが、突然インスタント食品に姿を変えて登場したときの衝撃には、なかなかのものがある。ビッグバンが自分の目前で起こった戦慄と驚き。「新しい」なんていう冷静な言葉をあてがって距離がつくれるのは、胸のどきどきが収まってからあとのことだ。「ワタナベのジュースの素」に出会ったのは五歳か六歳のとき、まだ昭和三十年代だった。世間にお目見えしたのはその数年前らしいけれど、わが家に姿を現したのがちょうどその頃だったのだ。若い母が物珍しさに惹かれておずおずと手を伸ばす姿が目に浮かんでくる。ビニールの四角い袋を開けると、あざといみかん色の、しゃりしゃりの粉末。ひと匙すくってコップに入れ、水を足してスプーンでぐるぐるかき混ぜると、ただの水が手品みたいにみかん色に染まる。これをオレンジジュースというなら、きっとそうなんだろう。ちびちび飲むと、コップの底のほうに溶けきれない粉末が残って溜まっていた。

それまで、オレンジジュースという飲み物は、ごくたまに買ってもらう瓶入りのバヤリースオレンジか、お米屋さんがキリンの瓶ビールといっしょに数本だけ配達してくれるプラッシーのことだと思っていた。そもそもバヤリースオレンジが時代の最先端をゆく飲み物だったし、あのしゅっと細身のガラスのボトルからしてかっこよかった。

食べ物と世相との関係を考察する労作『ファッションフード、あります。』のなかで、著者の畑中三応子(はたなかみおこ)さんはこんなふうに書いている。

「清涼飲料文化の聖地であるアメリカの影響をダイレクトに受けたファッションフードの前兆が、果汁入り飲料の草分け『バヤリースオレンジ』である。一九五一年に朝日麦酒が発売（当時の表記は「バャリース」）。瓶も中身もいかにもアメリカ的でおしゃれなイメージが受けて、日劇レビューの舞台に『バヤリースを飲みましょう』という歌が生まれるほど流行し、オレンジジュースの代名詞になった」

（『ファッションフード、あります。』畑中三応子　ちくま文庫）

日劇レビューを観たこともないのに、きれいなお姉さんたちの「バヤリースを飲みましょう」の歌声が耳の奥から響いてくる。畑中さんは〝オレンジジュースの台頭はラムネの凋落を招いた〟と指摘するのだが、その通りだろう。ビー玉の栓を落としこんで飲むラムネは、バヤリースオレンジやリボンジュースやプラッシーが売り出されると、居場所を奪われてどこかへ消えていってしまった。

「ワタナベのジュースの素」は、異様な存在感を放ちながら子ども心のスキマに割りこんできた。それまで知っていたオレンジジュースだって、いま振り返ってみれば茫洋(ぼうよう)とした不思議な味だったけれど、「ワタナベのジュースの素」はなにかが過剰だった。その正体は化学のチカラだということを五歳児は知るはずもなく、いとも簡単に首ねっこを押さえられた。

衝撃はそれだけではなかった。

親が留守のとき、機を狙う。台所の棚にしまってある「ワタナベのジュースの素」の袋を取り出し、ツバを少しだけつけた人差し指を切り口にそっと差し入れると、粉末がくっつく。それをすみやかに口に入れて舐めると、粉末が触れた舌の一部分に電気が走ってビリビリと痺れる。過剰な刺激が脳の中枢にずうんと響き、指をくわえたまま軽い陶酔感に包まれた。でも、急いで袋を棚に戻さなくちゃならない。お母さんに見つかったら叱られる。後ろめたさも味のうちだった。

おとなになってから、何かの調べ物をしているとき「ワタナベのジュースの素」のCMソングを唄ったのが榎本健一(えのもとけんいち)だと知った。昭和の喜劇界のスーパースター、榎本健一。エノケン・ロッパの時代は知らないから、舞台のうえで動く榎本健一の姿を目にしたことはない。でも、あの独特のしゃがれ声はなぜか耳に親しいのである。それまでずっと、なぜ自分は榎本健一の声になつかしさを感じるのだろう、不思議だなと訝しんできたのだが、「ワタナベのジュースの素」のCMの音源を聞いたとき、あっこれだと思った。そうだった、幼い頃、私はこれを聴いていた。

テレビの画面中央に、シンプルな線描きのおじさんの顔のアニメーションが大写しになる。もちろんモノクロ。

エノケンが調子をつけて歌いだす。

♪あーら　おや　まあ　ホホイのホイ

さすがはエノケン、出だしからひとを食っている。

♪ニクイくらいにうまいんだ
　不思議なくらいに安いんだ

いま聴くと、世間を手玉に取るのもたいがいにしろと思うくらい巧みな歌詞、軽妙なメロディ、老獪（ろうかい）な歌いっぷり。ひと袋五円の新登場にころっとやられてしまうのも当然だったろう。

画面にこんなテロップが出る。

「自然な香り　生の味」

チクロの粉末に「自然」も「生」もないものだと呆れるのだが、根拠のない誇張もまた、インスタント食品という発明を世に送り出す勢いだ。

こうなると、どうしても避けては通れないのが「十円噴水ジュース」である。あの突拍子のなさ、馬鹿馬鹿しさ、ほの可笑（おか）しさ。忘れたふりをしてみたいが、無下には突っぱねられない記憶の断片だ。

「十円噴水ジュース」は、デパートの大食堂の入り口に置いてあった。透明なケースのなかで、ジュースが噴水になってぴゅーっと飛び上がり、ラッパ形の扇になって広がりながら落下するシュールな光景。しかも、下方に着地したジュースは穴のなかに吸い込まれてどこかに消えるのだが、噴水はエンドレスに続く。無限にジュースが噴き上がる光景を、親にせっつかれても目が離せない、ずっと見ていたい。

母には「十円噴水ジュース」を買ってもらった記憶はないけれど、叔父と出掛けたときにせがんだことがある。「買って、買って」と甘えると、目尻を下げて「よしよし」と言いながらズボンの後ろポケットから小銭入れを取り出し、おもむろに十円玉硬貨をちゃりん。紙コップを持って受け取り口に置いて待っていると、じょぶじょぶじょぶ……みかん色のジュースが注がれる。冷えてはいないけれど、ぬるくもない。でも、居心地が悪い。なぜなら、いま自分が口をつけて飲もうとしているジュースと、目の前の噴水のジュースが同じものだとはどうしても思えないのだ。だって、噴水の勢いは変わらないし、十円玉を入れる前とおなじラッパ形に噴き上がり続けている。おかしいじゃないか。あたしは騙されているんだろうか、なにかの手品なのか。首をひねっているうち、「十円噴水ジュース」は姿を消した。

「ワタナベのジュースの素」も「十円噴水ジュース」も時代のあぶくとなって波間に消え失せたけれど、登場したときは肩で風を切る新しさだった。お洒落なパク夫人がインスタントのチャジャンミョンを箸で引っ張り上げて頬張る場面に惹きつけられるのは、インスタント時代の片鱗が映っているからだろう。指の腹にくっつけた「ワタナベのジュースの素」が舌に触れたときのビリビリ、あれも五歳の子どもが舐めた時代の栄光に違いなかった。

ショーケン一九七一

コロナ禍中、猛然と蘇(よみがえ)ってきた映画がある。監督ルキノ・ヴィスコンティ、「ベニスに死す」。主演ダーク・ボガード、ビョルン・アンドレセン。音楽はマーラー作曲「交響曲第五番」第四楽章アダージェット。

原作になったトーマス・マンの小説の舞台は、二十世紀初頭、コレラが蔓延するベニスの町。シロッコの熱風が吹く町である日とつぜん消毒が始まるのだが、当局は観光への打撃を怖れて疫病の事実を外国人にひた隠しにしている。老作曲家アッシェンバッハは、投宿先のホテルで出逢った美少年タージオの気を惹きたい一心で町を彷徨(さまよ)い歩き、あげく白髪を染め、頬紅や口紅まで塗って若作りの化粧をしたまま海辺で絶命する。ギリシャ彫刻のように美しい十代のビョルン・アンドレセンは後光が射すほどまぶしいが、いっぽう、退廃的なエロティシズムを表現させたら右に出る者がないのがダーク・ボガードだ。シャーロット・ランプリングと共演した「愛の嵐」（監督リリアーナ・カヴァーニ）の原題は「The Night Porter」（夜警）なのだが、自分の過去を隠しながら生きるナチス将校の倒錯愛を演じられるのもダーク・ボガード以外には考えられない。

イタリア・フランス合作映画「ベニスに死す」はいつ公開されたのだったろう、と、ふと気になった。私が初めて観たのは大学に入学した一九七六年なのだが、このときすでに名画座に掛かっていた。

映画が公開されたのは一九七一年、昭和四十六年。そうだったのか。偶然の符合にぞくりとしたのは、日本の食文化史において忘れようとしても忘れられないエポック・メイキングな出来事がこの年に起こったこと、さらには、このとき中学生になったばかりの自分が受けた映像や音楽の衝撃が鮮烈なまま消えないこと……たくさんの「事件」がいちどきに数珠繋ぎになるからだ。

まず、「ザ・テンプターズ」が突然いなくなった。中学生になって、気がついたら消えていた。日本中を駆け抜けたグループ・サウンズのブームは六七年から六九年、終焉を迎えるのは七〇年といわれるが、あの火の玉のような熱狂ぶりはわずか三年だったのかと拍子抜けするし、いや、たった三年だったたからきれいな燃え殻になったのだとも思う。私は小学校高学年のとき、ザ・タイガース、ザ・テンプターズ、ザ・スパイダース、ザ・ゴールデン・カップス、オックス、ジャッキー吉川とブルー・コメッツなどを知った。子どもの頃から流行(はや)りとは少し離れたところにいたい自分を少し持て余しているところがあったから、熱いファンとして騒いだりはしなかったけれど、「ジュリーとショーケンとどっちが好き」と訊かれれば、鼻の穴をふくらませて「ショーケン!」と即答した。

　デビュー曲は「忘れ得ぬ君」（六七年）。そのあと、一年のうちに立て続けに出た三曲は、神がかっていた。耳がまっさらなところに聴いた小学生の記憶力ともあいまって、「神様お願い!」「エメラルドの伝説」「おかあさん」（いずれも六八年）、同じ年のザ・タイガース「君だけに愛を」「銀河のロマンス／花の首飾り」「シー・シー・シー」もぜんぶ諳(そら)んじている。ザ・タイガースのほうはグループ・サウンズとしての一体感があったけれど、テンプターズはなんとなくばらばらでそっけないところが好もしく、ショーケンと呼ばれた萩原健一の声には、わずかに喉が詰まって掠(かす)れるハスキーな調子に危険な匂いがあり、アイドルなのにアイドルらしくない照れた雰囲気にも惹かれた。

ショーケンは、本当はテンプターズが嫌いだった、一刻も早く解散したかったと知ったのは何十年も経ったあとだ。

本人があちこちで公言している。


「まず何よりも白タイツにアップリケの付いた衣装がいやでいやでしょうがない。ブルース好きが、いきなりお花畑にいる男の子のような格好をさせられたのだ。そもそも中学生のころから学生服が大嫌いで、スカウトされたときには何よりも先に確かめた。

『ああいうユニフォームは着なくていいんですね』

（中略）

私の人間不信はGS時代にその種を植え付けられたように思う」

（『ショーケン最終章』萩原健一　講談社　二〇一九年）


誰にも相談しないまま新聞社に解散をリークし、七一年二月、四年間に満たない活動の停止を強行するのだが、歩調を合わせてGSブームも鎮火した。そんなわけで、中学一年生になったらテンプターズが、ショーケンが、お姉さんたちの嬌声もいっしょに消えた——それが一九七一年だ。

日本にふたつの記念碑的な食べ物が生まれたのも一九七一年である。

アメリカ、マクドナルドのハンバーガー。

日清食品のカップヌードル。

まず、マクドナルドのハンバーガーは、アメリカのファストフード・チェーンストア、マクドナルド社からフランチャイズ権を取得して設立された日本マクドナルドが、銀座四丁目の銀座三越に第一号店をオープンして売り出した。アメリカ側は郊外型の店舗展開をしきりに希望したというが、日本マクドナルド社長、藤田田（ふじたでん）が「流行の発信地は東京の銀座。ここでうまくいけばかならず成功する」と譲らなかった。このカリスマ経営者のいっぷう変わった名前「田」は、キリスト教徒の母親が「よい言葉を語るように」と「口」「十字架」を組み合わせて名付けたというエピソードを知ったときは感銘を受けたし、店名の英語読み「マクダーナルズ」を、日本人が発音しやすい三・三の韻を踏む「マクドナルド」に決めたのも藤田本人なのだから、ほとほと感服する。モスバーガーやロッテリアが登場したのはその翌年だ。

当時のメニューは、チーズバーガー、ビッグマック、フィレオフィッシュ、マックフライなど。そののち業績不振に苦しんだ時期があったにせよ、半世紀経った今日もすべてのメニューが健在なのだから驚いてしまう。しかも、このコロナ禍の状況下で飲食店が苦境に喘ぐいっぽう、日本マクドナルドホールディングスは四月の売り上げを伸ばし、ほかを大きく引き離して好調を記録した。いち早く店内での飲食を止めたのもマクドナルドだったし、ドライブスルーやデリバリー・サービスだけに切り替えたすばやさは、この先、飲食店が生き残ってゆくすべを先取りしていた。

もうひとつの記念碑、日清食品のカップヌードルがデビューしたのも銀座である。七一年十一月二十一日、銀座の歩行者天国で売り出されたカップヌードルはわずか四時間で二万食を完売したのだが、もちろん、倉敷に住む中学二年生はまったく知らない。しかし、その翌年二月、一家揃って息を潜めてテレビに見入ったあさま山荘事件のニュース映像にカップヌードルが映るシーンをまざまざと覚えているのだから、この画期的な食べ物の登場を、私はあさま山荘事件によって知ったことになるのか。ヘルメットをかぶった機動隊員が、真冬の寒さにさらされた屋外で、白いカップを持ってなにかを啜りこんでいるテレビ画面を息を潜めて見た。あれはなんだろう。

マクドナルドのハンバーガーもカップヌードルも、モスバーガーやロッテリアも、七一年には私はなにひとつ知らなかった。ただ、その前年の七〇年、家族こぞって出かけた大阪万博のアメリカ館のどこかのレストランで食べたハンバーグは、時代の先端をゆくセントラルキッチンでまかなわれたものだったのだから、日本の外食産業の夜明けの色をほんの少し垣間見ていたことにはなる。

ファミリーレストランのロイヤルホストを興したロイヤルは、アメリカで広くおこなわれていたセントラルキッチン方式を日本で初めて六〇年代に導入するのだが、大阪万博のアメリカ館のレストランを引き受けたことによって時代の先駆けとなった。福岡の工場、ロイヤルセンターで一次調理し、それを冷凍して大阪の万博会場に運ぶという離れ業をやってのけ、当時の飲食業界をあっと驚かせた。もちろん私は、そんな話は知るはずもなく、パビリオンに入るまでの行列の長さと暑さにへとへとに疲れていた。

グレープフルーツの輸入自由化も、洋酒の関税が引き下げられたのも、七一年だ。父の口からジョニ黒とかジョニ赤とか、聞き慣れない言葉を聞いたのも中学生のときだったと思うと、耳に馴染んだあの響きが時代を開けるお触れに聞こえる。戸棚にしまってある丸くて黒い瓶を、父は「だるま」と呼んでいた。

長い黒髪の南沙織が「17才」を歌い、小柳ルミ子が「わたしの城下町」を歌い、尾崎紀世彦が「また逢う日まで」を絶唱した、そんな年。

ところが、ショーケンはまったく違う景色を見ていた。

「正直、この世界から、足を洗うことも考えました。しかし、じゃあこの先、何をやって生きていけばいいのだろう。十五歳過ぎから金になる人形を演じさせられ、二十歳そこそこで抜け殻になったこの時期が、人生最初のどん底だった。まるで、先が見えなかった」

（『ショーケン』萩原健一　講談社　二〇〇八年）

一九五〇年生まれ、二〇一九年に急逝した異能のひとの二十一歳の胸のうちを知ると、七一年の翌年に公開された映画「約束」（監督・斎藤耕一　主演・萩原健一　岸惠子）のガラス細工のような繊細さと切なさが、いっそう突き刺さってくる。「約束」は、いまも私にとって永遠の恋愛映画ナンバーワンだ。

ミノムシ、蓑虫

カマキリ、カミキリムシ、ミノムシ。

好きな昆虫を挙げろと言われたら、とっさに名前が飛び出すのはこの三つだ。小さい頃よく遊んでもらった。

昆虫好きというわけではない。毛虫とかミミズに遭遇すると、ぎゃっと叫んで逃げ出した口だ。ところが、カマキリ、カミキリムシ、ミノムシを見つけると目が離せなくなるので、別人になった気がしていた。

その場にしゃがみこんでじいっと眺めてもいっこうに飽きず、急(せ)かされるまで動かなかった。緑の大きな鎌を直角に振り上げ、宇宙人そっくりの眼球で睨みをきかせるカマキリ。白い斑点模様の甲冑(かっちゅう)で身をかためた、しましまの長い触角を揺らすカミキリムシ。飛び道具を持ち合わせた完璧な造形美がいかにも誇らしげで、隙というものがない。カマキリもカミキリムシも男の子たちのアイドルだったが、ちょっと待ってよあたしだって好きなんだ、あのかっこよさくらいわかるんだぞと主張したくなり、よけいに執着心が湧いた。そういえば、親にせがんでカマキリを飼う虫かごを買ってもらったこともある、とたったいま思いだした。

でも、ミノムシは違う。

同じ昆虫の仲間なのに、べつの世界に棲んでいる。カマキリやカミキリムシの〝文句があるならかかって来い〟と挑発する切れ味など見る影もなく、かといって、テントウムシやシオカラトンボが漂わせる昔話めいた風情にも欠けている。とにかく木の枝にへばりついたままだんまりを押し通しており、耳を寄せたら「しいん」という静寂の音が聞こえてきそうだ。たまに風が吹いて揺れるけれど、しょせん他人まかせ。見ようによってはみすぼらしい、無為のかたまりみたいな御仁です。

でも、好きだった。ミノムシに惹かれる理由はわからなかったけれど、いま強引に答え合わせをすれば、さびしげなものに肩入れしたくなる性分が芽生えていたのかなとも思う。

とはいえ、じつはビジュアル系である。さっき、他人まかせとか無為とか言いたい放題を書いたけれど、そこまで言わせてしまうのも、あの簡潔なフォルムがあればこそという気がする。

紡錘形の美しさを、私はミノムシから教わった。先端と下方の両端がきゅっとすぼまり、胴の部分がふくよかに膨れた紡錘形という造形美にうすうす惹かれてはいた。熱湯でふくらんだゴムの湯たんぽ。空気の抜けたゴム風船。ぷうと網の上でふくれた切り餅。似たかたちにそそられていたけれど、ミノムシが自分でつくり上げた紡錘形ほど見事で完璧なものはなかった。

極細の茶色い枯れ枝や朽葉を寄せたひとまとまり。

完成されたフォルムに、おずおずと指を伸ばす。

えっ。

あたしは何をしようとしているの。

まさか。

止めろ。

おまえがひどい子だってことを告げ口してやる。

いや、だれも見ていないから、わかりゃしない。

やっちまえ。

でも。

いろんな声が頭のなかで交錯するので、指が縮こまる。

それでも結局は一切合財を振り切って、枝にしがみつく紡錘形の先端を指の先でつまみ、くいと引っ張る。なにもかもぶっちぎる勢い。

ぶちり。

ミノムシが枝から離れるときの音は残酷だ。枝のしなりに吸収されるくらいの微音なのに、指肌に伝わってくる粘りの強い抵抗感。そのしぶとい抵抗感が生き物の正体なのだ。

茶色い紡錘形の物体が、指の上でかさりと転がる。

さあ、これをどうしてやろうか。

二十代の終わり頃、清少納言『枕草子』を通して読んだときにミノムシとの再会を果たした。

その日を境に、ミノムシは蓑虫（みのむし）になる。

清少納言『枕草子』第四一段。

「……蓑虫、いとあはれなり。鬼の生みたりければ、親に似てこれも恐ろしき心あらむとて、親のあやしき衣ひき着せて、『いま、秋風吹かむをりぞ、来むとする。待てよ』と言ひ置きて逃げて去にけるも知らず、風の音を聞き知りて、八月ばかりになれば、『ちちよ、ちちよ』と、はかなげに鳴く、いみじうあはれなり」

蓑虫は鬼の子で、粗末な衣を着せられている。秋風が吹く頃ちゃんと迎えに来るから、それまでじっと待っていろよと鬼に言い含められ、蓑を着せかけられたまま、子はひたすら親を待ち続ける。風の音が聞こえてくると、ミノムシは「父よ、父よ」とさかんに鳴きながら父を慕う——初めて読んだとき、ほとんど号泣しかけた。そうだったのか。蓑虫は、あたしが好きだったミノムシは、父親が迎えに来てくれるのをたったひとりで待ち続けていたから、あんなにさびしげだったのだ。

父を恋い慕う鳴き声には、謎解きがあるらしい。秋風が吹き始めると、コオロギの仲間のカネタタキが木の上で鳴くので、いにしえのひとは蓑虫が鳴いていると勘違いしたというのである。でも、それが勘違いだったかどうかなんてどうでもいい。蓑虫は、恋しい父を呼びながら鳴く。蓑を着た者は、たとえばナマハゲのように異界からの使者とみなされてきた。

わからないこと、説明のつかないことは、おいそれとは消えない。

小学生のとき、Fくんと何度か同じクラスになった。お月さまみたいな顔のFくんは、ひとなつこい目をしていたが、薄汚れたほっぺたやぼさぼさの髪だったから、よけいに瞳のなかの白目と黒目が際立った。

Fくんは、給食の時間になると、教室からいなくなる。それに気づいたのは、一年生のクラスがそのまま持ち上がって二年生になり、席替えをしてFくんの隣の席になったときだ。四時限めの授業が終わって給食の準備が始まると、Fくんはすうっと姿を消す。

あれ、Fくんがいない。でも、給食が終わる頃いつのまにか席に戻っている。そうしたら、Fくんの昼ごはんが気になってしかたがなかった。給食を食べずに何を食べているのだろう。どうして教室からいなくなって、また戻ってくるのだろう。誰にも訊けないはてなが、ぐるぐる頭のなかを巡っていた。

はっとしたのは三年か四年生のときだった（ということは、私はずっとFくん

と同じクラスだったのだ)

「Fくんの給食袋だけありません」

帰りの会のとき、学級委員の子が担任の教師に大きな声を出した。とがめる響きが混じっていたのは、月に一度、クラス全員の集金袋を集めて渡す役目だった子の責任感だったのだろう。

するとと、担任教師があわててておっかぶせた。

「いい、いい。Fのはなくていいんだから」

刹那、ずっと不可解だったFくんの給食のことが少しわかった気がした。Fくんが毎日、給食を食べていないことを先生はちゃんと知っている。

学校を休んだFくんの家に宿題のプリントや学級便り(だよ)りを届けたことが、何度かある。Fくんが住んでいるのは学校の裏門を出たすぐ真ん前で、がさがさに錆(さ)びたトタン屋根がいまにも崩れ落ちそうだった。家というより、小屋に近い。道に面した木の引き戸をがたがた揺らしながら開けると、すぐそこに土間があり、二歩か三歩向こうに畳の部屋がある。がらんとして薄暗いときもあったが、たまにFくんのお父さんが胡座(あぐら)をかいて煙草を吸っていた。裸にランニングシャツ、半ズボン、大きな酒瓶。

「これ、Ｆくんにわたしてください」

おっかなびっくり言う。

「お」

ひと言だけ返ってきた。

鋭い気配を浴びながら、学校を休んだのにＦくんはどこにいるんだろうと訝しんだ。土間のひんやりとした空気のなかに浮き上がっていたランニングシャツや煙草の先の赤を、私はいまもくっきりと思いだすことができる。

昭和四十年代に入ってすぐの頃の話だ。


蓑虫の蓑を、そうっと指で開いたことがある。すると、ふかふかの布団のような層が現れる。ぞくっとするほどまぶしい純白。こわごわ指の先で開いた蓑を広げてゆくと、痩せ細った一匹の黒い虫がひょろりと蠢いている。目をそむけたくなるくらい寒そうだから、哀れを誘われて動転し、あわててそのまま木の根元の枯葉のなかに埋めた。

蓑虫は、春になると、蓑のなかに潜んでいたオスがさなぎになり、成虫となって外へ出て、メスを求めて飛び立ってゆく。いっぽう、メスは翅も脚もなく、そのまま巣のなかに留まってオスを待つのだそうだ。

IV

「旅館くらしき」のこと

私の手もとに、私家版の和装本がある。

素朴な茶色の厚紙で書籍の周囲をくるむ仕様の書套。濃茶の結び紐をほどいて開くと、芭蕉布の表装がなされた一冊が現れる。沖縄の染織家、平良敏子（たいらとしこ）の手仕事によるもので、さっくりと織られた芭蕉布の手触りがまずすばらしい。題字と自然の風物を図案化した型染は、ひと目でそれとわかる柚木沙弥郎（ゆのきさみろう）の作品だ。刊行は昭和六十三年。

題名を『倉敷川　流れるままに』という。本文用紙には備中和紙が使われ、胡蝶綴じというのだろうか、ページの折り目を切り開いて読む造本。私の手もとにある一冊は借り受けたものなので、すでに一ページずつ開かれており、小口のぼそぼそとした不揃いの風情が指に柔らかい。刊行にあたって一冊ずつ、煤竹のペーパーナイフが一本添えられたという。しっとりと指先に吸いつく備中和紙の手触りを味わいながら繰ると、本文は見開きごとに罫線で囲まれ、一ページ十五行、岩田細明朝体、12ポイント、緻密な組版が、その文章世界をあますところなく体現している。製作はいなほ書房、印刷は精興社、製本は星共社。

奥付に検印紙が貼られ、朱の家紋の下にこうある。

「弐百部のうちの壱部」

限定二百部の私家版だとわかる。

著者は畠山繁子、大正五年生まれ。倉敷川沿いの下新川町（当時）に生まれ育ち、生家は精進料理の仕出し屋「柏屋」。後年「旅館くらしき」の女将となってもてなしに尽力した人生を、みずから「人の世の計りしれない定めごと」と振り返っている。この私家版は、繁子が古希を迎えるにあたって筆を執り、意を決して世に送り出した一冊だ。気骨とたおやかさが絶妙の均衡を保つ、忌憚のない率直な文章。まず自身の生い立ちから筆を起こし、結婚、家業、「旅館くらしき」が生まれるまでの詳細な経緯、大原家との交流、もてなしを通じて多士済々と結んだ縁、旅館の女将としての心得、倉敷の習俗、家族の道のり……「流れるままに」綴られた文章は、一軒の老舗旅館をめぐる時代の証言であり、風土記であり、倉敷という土地に生きた女性の一代記でもある。よくぞここまで、と感嘆させられる念入りの造本にしても、現在、百歳を迎えて現役の染織家として活動する人間国宝、平良敏子、おなじく百歳を目前にして独自の創作表現を続ける柚木沙弥郎、質を求めてわざわざ厳寒に紙を漉いたという和紙職人、精緻な製本技術にいたるまで、すべては畠山繁子という人物への敬慕に端を発していることが伝わってきて胸を打たれる。路傍に楚々とたたずむ野の花、あるいは民芸品にも似た、とても慕わしい一冊だ。

著者のひととなりと「旅館くらしき」について、『倉敷川　流れるままに』に綴られた内容に準じながら、少し語っておきたい。

美観地区と呼び慣わされる界隈、掘割りの倉敷川に架かる中橋の前に位置する「旅館くらしき」は、倉敷を訪れる観光客も地元の住民も知らない者はいない、いわば倉敷の顔のひとつである。石造りの中橋が弓なりの太鼓橋になっているのは、かつて橋の下を積み荷を載せて行き来した舟を通りやすくするための構造で、この近辺に、冬場になると牡蠣料理を食べさせる牡蠣舟が停泊していた風景は私の父もよく覚えていると話していた。その牡蠣舟と「旅館くらしき」がこれほど深い関係にあったとは、繁子の回想に出会うまで想像したこともなかった。もちろん、こうして当の本人によって公にされるまで語られてこなかった事実であり、その内実を知る人々はすでにこの世にはいない。

昭和十八年、繁子は、広島で牡蠣の養殖場を営む畠山家に嫁ぐ。地主としても手広く商いを手がける畠山家は、明治三十年頃に一艘の舟を建造、畳敷きの七つの小部屋、廊下、厨房、帳場などから成る牡蠣舟「かき増」に仕立て、毎年十月末、広島から舟を運び、児島湾から倉敷川へ進み、中橋のたもとに停泊して牡蠣料理の店を営むようになった。広島からわざわざ海を渡って倉敷を選んだ背景には、すでに江戸期、備中各地から集まった米の集積地としての基盤が築かれていたこと、倉敷村の干拓が進むにつれて綿花が広く栽培され、綿実や木綿の売り買いにともなってさまざまな商人が集まり、爆発的に人口が増えたこと、しだいに新興商人が富を築いて発展を遂げていった土地であることなどが考えられる。中橋に舟を泊めたのは、両岸の一帯に豪商の屋敷が建ち並んでいたからだ。翌年三月、牡蠣の季節が終わると、曳舟に舟を曳かせて「かき増」は広島に戻るのがならいだった。秋から冬にかけて中橋のたもとに現れる牡蠣舟、川面にぽっと浮かぶ灯り、寒風を揺らすさんざめき——瀬戸内海に浮かぶ小島の連なりに過ぎなかった場所が、干拓によって農地となり、しだいに商業地として栄えてゆき、名実ともに潤った頂点だった。なぜなら、昭和十九年、空襲の目標になるという理由で撤退の命が下され、「かき増」は広島へ去ることになる。繁子の生家「柏屋」にしても、料理の素材も手に入らなくなり、使用人もつぎつぎに召集されていき、家業は凋落を免れなかった。失意にあった夫を、このまま倉敷に留まって牡蠣料理屋を続けようと説き伏せ、励ましたのは妻の繁子。終戦後は、かつて「柏家」と取引のあった東大橋家の持ち家で、大原家の裏庭に隣接した空き家を新生「かき増」とした。昭和二十二年、天皇行幸のさい、天皇が宿泊する大原家から至近距離にある「かき増」が警備本部に使われたことが契機となって、旅館業に活路を見出し、細々とながらもあらたに料理旅館として歩み始めてゆく。

　運命的な転機が訪れたのは、昭和三十一年。おなじ川沿いにある老舗の砂糖問屋河原家の邸を引き継がないかという相談が、倉敷レイヨンほか地元の名士を介するかたちで大原家から持ちかけられた。もちろん、それまで繁子の両親が営んできた「柏屋」や嫁ぎ先の「かき増」の仕事ぶり、繁子の人柄を見込んだうえで持ち込まれた話である。折りしも、にぎやかな料理屋を営みたい夫と料理旅館に育てたい自分との考え方の違いに苦しんでいた繁子は、当時の心境をこう綴っている。

「私は、この機會を逃したらもう總べてが終ひだと思いました。誰が何んと言おうと、どんなに苦しい事が待受けていようと、今の此の苦しみよりは耐えられると思ひました。此の提案は、正に地獄で御佛のお聲を聞きました思ひでした」

（本書「『旅館くらしき』への道」より）

世間では「何を思うて借金迄して、倉敷の一番寂しい場所で宿屋をするのだろう」と陰口を叩かれた。戦前まで江戸期からの栄華を誇っていた界隈は一転、「倉敷の一番寂しい場所」に落ちぶれていた。くわえて、金銭問題、経営方針、夫婦のあいだに生じた軋轢、幼い子どもたちを抱えながらの生活不安。足は震えたが、最終的に繁子の背中を押したのは「おなじ町内に生まれ育った者の義務として」邸を引き継いでもらえないかという提言だった。倉敷が観光地として耳目を集めるようになるずっと以前、生まれ育った界隈への愛着をひと一倍大切にしてきた繁子にとって、なによりの後押しだったろう。この女性ならば、と人物を見込んだ大原總一郎（そういちろう）の慧眼である。繁子は、意気と覚悟をもって決意した。

昭和三十二年十二月十八日、河原家の蔵屋敷の改装を経て「旅館くらしき」開業。屋号のデザインは芹沢銈介（せりざわけいすけ）。宿の前には、道しるべを模した石柱の上部にガラスを組み合わせたモダンな行燈が灯った。かくして、大原總一郎を筆頭に大原家と交流のあった文化人や芸術家、経済人たちのもてなしに粉骨砕身、そののち、日本中が湧いた観光ブームの波も浴びながら、「旅館くらしき」は独自の存在感を発揮してゆく。

私は、十代の頃、何度か中橋のたもとで着物姿の繁子の姿を見かけたことがある。小さくひっつめた銀髪。たぶん紬だったろう、地味だがふっくらとした織地の趣味のよい装い。半襟と足袋の白さが際立っていた。小柄で楚々としたいでたちながら、一本筋の通った意志のありかを感じて気後れしたけれど、かといって威圧感はない。あのひとが「旅館くらしき」の女将さんなのだという納得の感情を、いまも思い出すことができる。すぐ近所に暮らしている者にとっては、旅館に泊まったり部屋に上がる機会もなかったけれど、それでも通りかかるたび、手入れの行き届いた白壁やなまこ壁、外から窺い見る通し土間、棟木や梁の骨格、建物自体に与えられている尊厳のようなものを感じてきた。
また、五月と十月、阿智神社のお祭りの当日、家紋を染め抜いた祭り幕が張り巡らされ、高張り提灯を二灯掲げた光景は、何度行き会っても立ち止まって眺めたくなったものだ。

何度かすれ違っただけなのに、半世紀近く経て、そのひとの綴った文章を追い、こうして内面に親しく分け入ることの縁の不思議を思わずにはいられない。繁子が言うように、書物もまた「人の世の計りしれない定めごと」を秘めているものなのだろうか。

終生、繁子の道しるべとなったのはふたつの言葉だと綴られている。

「安心して泊れる良い宿」大原總一郎
「大切にして下さいよ」柳宗悦

「旅館くらしき」は、先人から託された大切な預かりもの、個人の所有物ではない、身勝手な営業は許されないという信念が繁子を律し、後半生を支えたのだと思う。

さて、私が初めて『倉敷川　流れるままに』の存在を知ったのは五年ほど前、繁子の次男、畠山理穂さんによってである。倉敷在住の友人たちの仲立ちで紹介された理穂さんを交え、東京のとあるレストランで食事をしていたときのこと。どんな話の流れだったたか、理穂さんがおっしゃった。

「母が遺した一冊があるんです。私家版なので残部がなく、差し上げられなくて申し訳ないのですが、もしよろしければいつでもお貸しします」

逸る気持ちを抑えながら内容を伺うと、倉敷という土地を語るとき重要な役割を担ってきた「旅館くらしき」を知るためには、必読の書だと直感した。貴重な私家版を借り受けるのは申し訳なかったが、ご厚意に甘えることにした。

現在「旅館くらしき」の女将をつとめる中村律子さんから、懇篤な手紙とともに送られてきた和装本を手にしたときの感動は言い尽くせない。先に書いたように、ひとりの女性の来し方、老舗旅館の成り立ち、土地の習俗、それらが一冊のすみずみに横溢しているのだが、そこはかとなく奥床しく、全身全霊で綴られた文章の持つアウラに圧倒された。そして、ページをめくるうち、二百部限定の私家版として歳月のなかに埋もれてしまうのはいかにも惜しい、いつか、何らかのかたちでふたたび甦る機会がないものかと考えるようになった。

その気持ちを理穂さんに伝えると、「もちろん喜んで。母もうれしいと思います」という返事に意を強くし、そして、このたび『倉敷川　流れるままに』の「第二部　想ひ出の人々」「第三部　身邊の事ども」から一部を原文のまま抜粋、紹介させていただくことになった。ほんのわずか、ごく限られた抜粋ではあるが、在りし日の「旅館くらしき」と倉敷に生きた女性の心身を通じて立ち上がる土地の気配に触れていただけたら、こんなにうれしいことはない。

『倉敷川　流れるままに』

畠山繁子著より

獻立の想ひ出

昭和三十年一月十日
鳩山一郎首相御夫妻様御招待
大原家御招待

於　大原家有隣荘

御獻立

一　刺身　鯛　鰆　細魚造分け　白髪大根　芽蓼　山葵
一　焚合　車海老　烏賊甘煮　絹莢豌豆
一　茶椀蒸し　百合根　若鳥　燒穴子　海老　椎茸　三ツ葉　銀南　柚
一　酢物　蟹海老巻　胡瓜　濱防風　土佐酢
一　吸物　鯛潮汁　剝（へぎ）獨活　木ノ芽

一　蠣飯　　蠣　細切海苔　山葵　酢漬生姜　出し汁
一　漬物　　廣島菜
一　果物　　コールマン
　　　　　　因に當時價格　御一人前貳千圓

昭和三十三年十二月二十日
岸田日出刀氏
丹下健三氏
浦邊鎭太郎氏
　　　　　於　旅館くらしき

御獻立
一　刺身　鯛　鰤（ぶり）　細魚造分け
　　　　　白髮獨活（うど）　芽蓼　防風
　　　　　山葵醬油　生姜醬油

一　酢鱲

田舎風（奇麗に盛付ずに全部和えてしまふ）

1　たつぷり大根下しを造り　2　刻み柚

3　千切木耳　4　擂生姜

5　よく水洗した新鮮な鱲　6　小口切の胡瓜

7　以上全部を一緒に酢醤油にて和えて器に盛付ける

一　鱲飯

1　生鱲　2　擂山葵（すりわさび）

3　刻み細切海苔　4　甘酢漬針生姜

5　出し汁

炊方＝釜に洗米と水を入れ昆布を入れて焚始め沸騰してより昆布を取り出し、鱲を入れ、薄口醤油を適宜入れる。鱲より鹽味が出るし醤油は薄味にする。灰汁取をした後、釜蓋をして炊く。鱲飯には野菜を入れない方が良い。炊き上る迄は釜蓋は絶對に取らず良く蒸らして釜（かま）据（すけ）に置き、其のまま客室に御運びする。座敷にて釜蓋を取り鱲飯を茶碗によそい、鱲飯の上に山葵を乗せ、熱い出汁を注ぎ入れ、甘酢針生姜・細切海苔を乗せて饗す

一　漬物　　廣島菜
一　果物　　ぽんかん

此の度は蠣飯を主にした三品ばかりの獻立でありましたが、岸田先生はことのほか田舍風の酢蠣がお氣に召され、三度もお替わりをされました。勿論一流レストランの洒落た器に、美しく飾られた蠣料理に飽きていらっしやったうえの、お賞めの言葉とは思いますが。私共の使用致します廣島蠣は、戰前は申す迄もなく、戰後も主人の弟が自家の蠣を養殖場より引揚げ、船に積んで歸り、海邊に建てられた蠣打場に荷上げして、直ちに蠣の打子（荷揚げした生蠣をば殼より出す仕事をする方の呼名）が殼より實を取り出し、時を置かず次の汽車で倉敷迄、直送して呉れておりました。

新鮮な蠣は、決してベタベタした柔い感じでは無く、ころころとした固さがあり煮ても形はくづれもせず、小さくもならず、實に見事な蠣でした。蠣飯も釜で竈に掛けて薪で炊いていました。釜の底の狐色に焦げついた蠣飯も又、美味しく風味がございました。現在の炊飯器では最早、焦飯のあの美味しさは味はえなくなりました。さてさて戰後生まれのお方は、すべて何不自由もなく豊かに平穩な暮らしが出來ます事を、感謝し歡こばなければなりませぬが、思うかたわら私は餘り羨ましいとも思はれず、大正の生まれを悔やんではおりません。

岸田樣、丹下樣、浦邊樣の御會談は、倉敷市廳舍（舊）の建設についてのことであつたよう記憶します。市廳舍が竣工しましたのは、昭和三十五年六月でした。

浦邊樣は後年、倉敷國際ホテル、倉敷レイヨン中央研究所、倉敷文化センター、倉敷市民會館、倉敷中央病院、倉敷新市廳舍等々設計され、日本建築學會大賞も受賞され、實にご立派な建築を後世に殘された御方でございます。それにも拘わらず私は、道を極まれご成功を遂げられました浦邊樣に、四十年以前よりお心やすく、親しくさせて頂きをりますことに甘えて、隨分無理な改築のお願やら私事の心配までおかけ申しておりまして、誠に勿體なく、申譯もないことと存じつつも、本當に有り難く身の幸せをばしみじみと感謝申しおります今日でございます。

昭和二十九年十一月
宮田重雄畫伯　　於　かき増御宿泊

御献立

一　前菜　海鼠腸（このわた）
一　刺身　鯛薄造り
　紅葉下し　芽蓼
　白髪獨活　三杯酢
一　蠣土手焼　生蠣
味噌（赤味噌、白味噌）好みにて適宜（砂糖・醤油少々）
葱　絲蒟蒻　椎茸　ほうれん草
焼豆腐　摺生姜　黄韮

一　御飯
一　漬物　　廣島菜
一　果物　　林檎

お夕食には、蠣の土手焼を煮て差し上げました。店もたて込んで忙しく致しておりまして、宮田先生はお一人だけで御連様もありませず、女中の代りに私が土手焼を焚いて差上げました。

厚手の鍋にお味噌がグツグツと煮立ち始めてから、生蠣、焼豆腐、椎茸、絲蒟蒻と順々に入れ並べてゆきます間に、先生は「鍋は古い洋銀だし色も形も美しいねえ。焚方にも美味しさが感じられて樂しいもんだね」と獨言のようおっしやられながら、前菜、お刺身をアッといふ間に食べておしまいになられました。やがて焚き上つた土手焼の最後に、黄韮と、ほうれん草を入れ、摺生姜を全體にバラバラと蒔くと、蠣や野菜、味噌の匂いの中に、生姜の香りが混じつて漂よい、部屋中美味しそうな匂いが充満しました。取皿に生玉子を溶き、色々な具をば盛付して差出しますと、先生は待兼ねたように取皿を受取られ、蠣をお口に入れられ、直ぐ絲蒟蒻をスルスルとおうどんのように啜つて飲込まれました。私は本當に吃驚して、思はず先生のお口元を凝視していました。

　先生は私の顔元を見てニヤリと笑はれ、「食物は餘り噛むと不味いよ。早く喰うから驚いているんだろう」と申されました。私は二度目の具を鍋に入れる前に、小皿に少し煮汁を取り、味噌の味加減を見て先生に、「お味加減は如何でせうか」とお尋ね申して、味噌を入れ添えて、材料の具を順序立てて鍋に並べてゆきますと、「日本料理は樂しいねえ。……」と、暫く私の手元を見ていらつしやいました。不意に先生が、「僕は以前にね、醫者でありながら、物の本に、咀嚼と胃は餘り關係は無いと、ついつい迂闊に本音を書いて、日本中の醫師から抗議を受けて閉口したことがあるんだよ」と、物靜かに申され、鍋を見つめて何か感慨に耽つておられました。私は返事する言葉もなくて、唯默つて鍋の焚加減を見ながら、咀嚼と味の微妙さは本當にそれはありうることかもと思へてまいりました。土手鍋が終り、ご飯を召上る前に、お箸を新しい箸に取替させて頂き、廣島菜でお茶漬を差あげますと、「嬉しいね」と一言おつしやつて下さいました。

お食事後、使用した酒津焼の土瓶が素晴しいと、芳名録にさらさらと土瓶を描かれて

日本の街　美しき
　小春かな

と認めて、お帰りになりました。

心配り

昭和三十三年十一月八日

ヘルマン博士様

三木行治岡山縣知事様

倉敷レイヨン株式會社御重役様

大原家御招待　於　有隣荘

御献立

一　向付　豚甘露煮
　　　　　グリーンピース

一　焼物　鯛
　　　　　ホワイトソース

一　油物　天婦羅　車海老　烏賊　松茸　菊葉
　　　　　大根下し　天出し食鹽

一　猪子　蒸し蕪
　　　　　かしわミンチ入柚味噌

一　焚合　蟹グラタン

一　吸物　蠣ミルク入スープ　パセリ微塵切

一　果物　マスカット　林檎

今この献立表を見るだけでも顔が赤らむ程、心遣を餘りにもしていない思慮の乏しかつたことが悔やまれてなりません。ヘルマン博士は、ドイツの著名な科學者でいらつしやいまして、ビニロンの發明家であり、倉敷レイヨンに取り大恩人でもある御方で、大原家に於かれましても、大層ご鄭重なおもてなしの御招待でございました。それにも拘らず、私共は、料理は申すまでもなく、もてなし方にも、數々のとんでもない失敗をしてしまつたのです。今も心が痛み、忘れられぬ辛い想ひ出として心に殘つてをります。

此の度は、大原社長様ご夫妻は、ヘルマン博士の御案内等でお忙しく、前以て倉敷へ打合せにお歸りになるお閑もなくすぎてしまいました。料理、什器、道具類、其の他の細々とした重要なことがらのご相談がゆきとどいておらず、總べて大阪本社との電話連絡のみの打合であつて、相互の意志の疎通がなく、料理のみに限らず色々と手落がありましたそうでございます。大抵の場合、大原家においては、御邸に御客様をご招待遊ばされる場合、前以つて奥様を中心に、番頭さん、茶道の佐々木先生、會社の方々とお打合せ遊ばした上で、御獻立も檢討され、什器も決められますのが常でございました。

此の度の料理は、本社より、洋風日本料理との電話のご指示のみで、御獻立書は來ませんでした爲、私と板前が難しく考えすぎ、西洋料理も知らないまま、勝手に獻立を作り、大失敗をしてしまいました。大原社長様のご本意は、ヘルマン博士には、瀬戸内海の新鮮な幸を使つて外國のお方の御口に合うよう、そして、中にお肉料理も有つて良いとのお考えでした。それを私共の早合點から起きたしくじりで、新鮮な魚の上に、わざわざクリームソースを掛けたり、バターを使つて妙な中途半端な料理を造つてしまいました。

御本邸又は有隣荘で御客様をご招待の場合、宴會が終りそれぞれお客様がお歸りになられ、私共がお臺所の後片付けをしているところへ、よく社長様、奥様もお越し下さつて、皆々の勞を犒はれ、「お疲れであつた。ご苦勞様、今日は君達に何點あげようかな、六十點か、否七十點かな」と冗談をおつしやりながら、私達のおすすめするお番茶を、美味しそうに召上つて下さつて、お居間に入られるのが常でありました。

然し其の夜は違つていました。番頭の赤松さんが慌てて、社長が御玄關にお出ましになられたと急を告げて下さつて、皆驚いて飛んで玄關に走りました。

既に社長様は式臺より降りられ、沓脱ぎ石に直立されておられました。皆もご立腹はご尤もの事、叱責を受ける覺悟で式臺に平伏したまま、お詫びの申しようも無く頭を垂れておりました。社長様はお叱りの言葉も無く、無言で立ちつくされ、數分とすぎてゆき、私は申し譯なさに體が震えてまいりました。おこうさんの、床に兩手をついた手の甲に、涙がポタリとこぼれるのが見えました。番頭さんが小さい聲で、夜も更けましたからと、促して下さいまして、社長様は無言で背を向けられ、御本邸にお歸りになられました。私は堪えていた涙がどつとあふれてまいりました。何故もつと氣遣いをしなかつただろうか、料理にしても生きている鯛を鹽燒にすれば美味しいものを、何故クリーム等塗つたのか、自分で試食してみても餘り美味しいと思わなかつたのに。それならば大人數でないのだから、洋風と申されていても、日本流に單純な鹽燒も作つて置いて、ご相談してみるべきだつた。何故二通り用意することに考えが及ばなかつたであろうと、悔やんでも悔やんでも、最早取返しはつかないことでした。皆押默つたまま有隣莊の後片付け、火の始末をして、裏口の勝手門を出て、眞暗い露地を默々と歩いて歸りました。

會社の重役様が、大きく溜息をもらされました。ヘルマン博士が、倉敷レイヨンにとり、如何ばかり大切な御客様でありますかといふことは、會社側も、大原家の手傳の方々も、私共もよく承知していましただけに、深く反省いたしました。料理の獻立の悪さは勿論のことですが、御客様が外國の御方であることの諸注意の足りなさ、もつともつと勉強し、幅廣い心配りを怠つてはならないと思いました。

今にして思えば、御客様のおもてなしが如何に微妙で、それぞれに違ふ細ごまとした配慮が必要なことを、大原社長にお教え頂いたことを、つくづく有り難いと思います。

〔追記〕

大原家では、いかなる御客様がお越し遊ばされても、茶の湯の場合は別として、必ず菓子は倉敷で造られた手造りの「藤戸饅頭」か、鳥羽屋手製の「むらすずめ」をお用いになられました。それは社長様の倉敷人としての心意氣でもあり、倉敷には田舍でも此のやうな美味しい手造りの菓子がありますよと、誇られていたことと推察致します。

陶器館開館

昭和三十六年十一月十三日、大原美術館西隣、陶器館の開館に、バーナード・リーチ先生、富本憲吉先生、河井寛次郎先生、濱田庄司先生、棟方志功先生、芹澤銈介先生、武内潔眞美術館長様、外村吉之介民藝館長様、高橋勇倉敷市長様はじめ、來賓約百名を御招きしての盛大な開館式が擧げられました。當時の倉敷新聞には、次のような大原社長様の開館についての御挨拶が掲載されていました。

「秋から冬へ移ろうとする季節の、きびしい明るさの中で開館式をあげる事が出来た事は、喜びにたえません。この陶器館の建設にさいしては、三つの基本的な考えがありました。その第一はリーチ氏、富本氏、河井氏、浜田氏といつた陶匠が、現にこの世界にいるといふことで、こうした世界の運命に対して、深い喜びを感じた事、その第二は、この四人の人々の作品を、私の父が生前から愛したことです。父はいわゆる御茶、骨董の趣味を持つておりましたが、世上にある、あらゆる陶器中で、この人々の作品が最もよいと、よくもらしており、それら陶器に親しむことが、晩年の唯一の楽しみだつたのです。第三は、ここに米蔵があるといふこと、これらの米蔵は、農地開放とともに、その使命も終つたわけですが、我々の祖先の食糧のうちの米の貯蔵場だつた米蔵は、長い間の祖先から伝統と、それに繋がる面影をも止めているので、何か新しい使命を与えなければと考えていたところ、今日この陶器館としての新しい使用を荷つたわけです。

この三つの基本的考え方に基づき、その考え方の具体化を、浜田氏、河井氏に相談、快諾を得て種々な協力を受け、美術館の第三館として、今日ここに幕あけすることが出来たことは、喜びにたえません。唯この建設にさいし一方ならぬ御世話をあおいだ柳宗悦氏に、この席上へ列席していただくことが出来なかつたのが、かえすがえすも残念です。最後にこの館のデザインをせられた芹澤銈介氏、また其の指導を受けて努力された藤木工務店に感謝致します」とあり、私達も感無量の思いが致しました。

柳宗悦先生は開館を待たれず、昭和三十六年五月、鬼籍に入られました。大原社長様は申すに及ばず、皆々様どのようにお心淋しく歎かれましたことでせう。私に致しましても三十二年の旅館の工事中、柳先生が民藝の方々と、わざわざお立ち寄り下さいまして、「この宿は、皆さんの好意を受け、日本の頭脳が集まつて出來ていますね。大切にして下さい」と申されました御言葉が新らたに蘇がえつて參ります。又美術館二十周年行事の折、大勢のお客様の前で、挨拶もおろおろと碌に出來なかつた田舎者の女將を、咄嗟の明敏なご配慮で助けて下さいました、柳兼子夫人の温かい思い遣りは、終生忘れ得ぬ事でございます。

開館當日、「旅館くらしき」は、大原家の皆々様方、倉敷レイヨン、倉敷紡績、倉敷市役所の方々、大原美術館關係の皆様方のお出入が夥ただしく、假初めにも粗相の無いよう申し渡し、従業員一同も大層緊張致しておりました。夜、陶匠四氏は、有隣荘にお泊りになられ、ご夕食は店より料理してお運びすることになりました。私は、板前と女中頭と一緒に、早くより有隣荘に赴きました。茶道の佐々木先生は、私共より早くお越しになられ、お座敷の花、其の他道具類を、番頭の赤松様とご一緒にお調べになつてをられました。

道具類、食器類は、主に四氏の作品が多く用意されてございました。總べての器に威厳が感じられ、板前も恐る恐る料理を盛付けていましたが、盛付けられてゆく料理が、側で見ている私も溜息の出る程、素晴しく見事に思はれました。器によつて、味は兎も角、こうも料理が生き生きと映えてゆくものかと、ほとほと感じ入るばかりでした。

御會食後、大原社長様が、奥様とご一緒にわざわざお臺所迄お出むき下さつて、今日の労をば丁寧にお犒ひ下さいました。一同ほつと安心し、皆で道具を一つ一つ心を配つて洗ひ、拭上げをすませて、赤松様にお渡し申しお調べ頂き、有隣荘を辞しました。その時の御献立は、次のものでした。

十一月十三日　於　有隣荘

御献立

一　前菜　　焼松茸　　富本憲吉先生作
　　　　　　　　　　　藍染付　猪子皿

一　刺身　　鯛鰆　　　河井寛次郎先生作

一　焼物　　　白髪獨活山葵　　花模様　四季繪替り角皿
　　　　　　　芽蓼
　　　　　　　車海老鹽焼　バーナード・リーチ先生作
　　　　　　　はじかみ　　繪替り丸形平皿
一　焚合　　　鰆まこ甘者　富本憲吉先生作
　　　　　　　莢桅豆　　　角形深皿
　　　　　　　　小切茄子
一　鱲飯　　　鱲御飯　　　濱田庄司先生作
　　　　　　　酢漬千切生姜
　　　　　　　焼海苔
　　　　　　　山葵
　　　　　　　出し汁
一　湯呑　土瓶　　　　　　濱田庄司先生作
一　箸置　　　　　　　　　河井寛次郎先生作
　　　　　　　　　　　　　藏之形

一　果物　　メロン　　バーナード・リーチ先生作
　　　　　　　　　　　中國人が天秤棒を擔いだ繪模様の四角皿

十一月十四日
　御晝食　於　旅館くらしき
大原社長様はじめ、リーチ、富本、河井、濱田先生の他、芹澤銈介先生、棟方志功先生、北野正男先生、武内潔眞大原美術館長様、外村吉之介倉敷民藝館長様、山崎直治倉敷中央病院長様、倉敷レイヨン、倉敷紡績の御重役様方、總勢二十五人様がご來店下さいまして、御晝食會を催されました。
　皆々様和氣藹々にて、陶器館開館に際してのお話について、又倉敷の文化、倉敷市の將來について、それぞれ忌憚のない御志向、御卓識をば交され、私は宴席の傍に侍らして拜聽させて貰いまして、本當に良い勉強をさせて頂きました。

十一月十五日

陶匠の四氏は今日で倉敷を去られるそうでした。御晝食は、酒津の武內館長様の御邸でなさる爲、私は板前と女中頭おこうさんと、帳場の安立さんを連れ立つて、自動車で料理を運びました。私共より一足先に佐佐木先生は御座敷、お茶のご準備をしておられました。

武內館長邸は、昔より大原家の御別莊であり、以前は兒島虎次郎畫伯がお亡くなりになられます迄、兒島畫伯の御家族のお住居でございました。私は兒島畫伯の長女廣子さんと、女學校時代同窓生であり、御邸にも酒津の提にも遊びに行きました想ひ出があります。御別莊は、裏の庭續きに小高い丘があり、庭の中央に高梁川の流れを引いた小川が流れ、花畑、野菜畑もあり、古い木立が趣をそえ、鄙びた土塀に圍まれた、田舍風の野趣あふれた靜寂な御別莊でした。

今日の御晝食は、兒島畫伯がお使いになられていました別棟のアトリエ、「無爲堂」があてられました。

御獻立

一　前菜　　畦豆（枝豆）鹽蒸し

一　壽し　　　ままかり
　　　　　　　丸太ずし（一匹姿のままで握る）
一　吸物　　　松茸
　　　　　　　豆腐　木の芽
一　果物　　　ぽんかん蜜柑

でございました。御客様は、倉敷風のままかり丸太ずしが珍しいと、大層好評でした。

リーチ先生は、秋色濃い落葉の散り敷いたお庭を、去り難く散策され、皆皆様お互いに名殘りつきないご様子で、私まで目頭の熱くなる思いでした。私も女學校時代を友と樂しく遊んだこの庭、又廣子さんが御父様を亡くされましたのも、このお住居だつたと、様々な想いが胸を去來していました。

御客様方をお見送り申してより、無爲堂の片付けをしながら、柱や各所に、畫伯の下繪で彫られた漆塗の素晴しい彫刻を拜見し、窓越しに見える自然に包まれた庭を感慨深く眺めながら、天才的天分を持たれた畫伯が、壯年時代を此處でカンバスに繪筆を走らせていらつしやいましたご樣子等、思いめぐらしながら後片付けをすませました。母屋の武内家の皆樣にも、お禮やら歸りの挨拶をすませて、自動車に荷を積込みお暇をしました。途中酒津の堤で車を止め、堤をそぞろ歩きしながら、高梁川の淸流、紅葉した山々の景色を眺め、新鮮な空氣を胸一杯呼吸致しました。

學生時代のこの堤は、春は櫻並木の花が長い土手に延々と霞の樣に咲き競ひ、土筆、杉菜、嫁菜が一杯生えていて、土筆摘みを樂しみ、渡船に乘り向岸の酒津燒の窯元に行つて、土を捏ねさせて貰い奇妙な器を作り、窯元の方に燒いて貰つたりして遊んだもので、今目の前に髣髴として浮かんでまいります。因みに當時、酒津土手より向岸迄の渡船の賃金は二錢でした。

陶器館開館行事も、大過なく終つた事を喜びあうと共に、陶匠のリーチ、富本、河井、濱田諸先生はじめ、大原社長樣、武内館長樣、皆々樣の齎らす素晴しい雰圍氣の爲せる餘韻が、私達の心の中にも樂しく殘り、堤の草原に足を延して健やかな童心にかえり、ままかりずし、蜜柑など頬張りながら、自然とのふれあいを樂しみました。板前さんも、おこうさんも、安立さんも、皆な、常々より店に對して協力を惜しまず苦労を共にしてくれまして、そのような人々に圍まれていることを、有り難いことと心より感謝し、幸せに思ひました。

お祭行事今昔

昭和の初頃迄の倉敷では、四季折々を通じて、大小さまざまの年中行事やお祭りが、きちんと守られてをりました。

正月元旦、二日、三日は、商家は店を閉め、「ぶちやう戶」のある古い家は、「ぶちやう戶」を下して戶を閉じ、三ケ日を祝ひました。私の里も、門口には左右連子格子があり、中央に一間巾の「ぶちやう戶」が嵌められていました。「ぶちやう戶」は半分が紙障子で、半分は一枚板で仕組まれ、出入りは紙障子を開け閉めして行はれ、紙障子一面に大きな書體で、御料理柏屋と墨黒々と記されてありました。四日朝より、「ぶちやう戶」は、キリキリと紐で引上げられ止木に掛け、天井にぴつたりとつけられます。それから初商が始まります。

正月十日惠比須には、お惠比須様をお祀りして、神棚に「めばる」といふ魚とお神酒を供えて、商賣繁昌を祈願しました。

春三月は雛祭で、子供達は友達のお家に出かけては、「雛あらし」と稱してご馳走を呼ばれ、草餅、あられ、おいり（米とカキ餅を小さく切り、炮烙で炒り砂糖密をまぶした菓子）、菱餅等々、其家其家獨自の手造りの料理、菓子を頂いて廻わりました。

五月の菖蒲祭りは、五月人形を飾り、向山（むこうやま）に柏の葉を取りに行きました。新緑の山、五月晴れの空に、あちこちの家より鯉幟りが威勢よく泳ぎ、倉敷に生まれて良かつたと子供心にも思ひました。銘々の家では、手造りの小豆餡を煉り、柏餅、ちまきを造り、風呂には厄除けと稱し、菖蒲の葉と栴壇の葉を結んで入れ、良い匂のする菖蒲湯に入る慣しもありました。

「六月一日（ろくがつしてい）」といつて、此の日より初夏の衣替用意が始まります。この日は甲羅燒を燒いて神々に供え、皆も待ち望んで食べました。甲羅燒とは、現在のクレープのような菓子ですが、私の幼い頃は、ホット・ケーキなどなくて、素朴な美味しさを樂しんで食べたものです。作り方は極簡單で、素朴そのものですが、家で造つて貰はなければ、賣つていない菓子でしたから、餘計に美味しく思はれたことと思ひます。メリケン粉を水で溶かし重曹と卵、鹽少々を入れ、炮烙に油を塗り、水で溶かしたメリケン粉を流し焼き、兩面をこんがり焼き、白下砂糖をまぶして頂きます。白下砂糖とは甘庶から製した含蜜糖で、良く精製していない茶色の、どろどろと水分を含んだ砂糖のことです。美味しいといえば確かにホット・ケーキが優るかもしれませんけれど、甲羅焼は、祖母、母の手造の愛情のこもつた本物の味だと思ひます。

春秋の氏神様の御祭禮は、春五月十五、十六日、秋は十月十五、十六日と定められ、町家の人々は、大人も子供もそれぞれの想ひで祭を心待し樂しんでおりました。十五日早朝、氏神様の阿智神社の山より、太鼓が荘重に響きわたり、大方の家は家族出揃つて、白と藍色に染分けて家紋を染抜いた大幔幕を門口一杯に張りめぐらし、左右に高張提灯臺を建てて、祭の用意の事始めを致します。

戰前の倉敷祭は別名屏風祭とも言はれ、舊家名門は勿論でありますが、立派な屏風を藏されているお家は、玄關からすぐ見える座敷に緋毛氈を敷き屏風を飾り、屏風の前に花臺を置きお花を活けるのも慣しの一つでした。平素は格式の高い舊家に氣安くお伺ひすること等、難かしかつた昔、御祭禮の日だけは、皆自由に玄關迄入ることを許されて、屛風、お花の拝見が出來て、それも御祭の樂しみの一つでした。

御神輿のご神行は、太鼓で合圖されると、御神輿が阿智神社より町家へ下ろされ、お渡りが始まります。御神輿を擔ぐ役割は、戰前迄はお百姓の方の多い新田町の青年團の男子に限られていたようでした。又御神輿のお道具飾りや御神具等を擔ぎ持つ人々は、大人も子供も加わつて、いづれも烏帽子、白裝束に身をかため、神主様も烏帽子、直垂長袴の裝束を召され、笏を持ち、威儀正しく神馬に乘つて先頭に立たれ、氏子總代の男性が黒紋付、袴に白扇を持ちお供に加はりました。

昔昔は、各町内のご隱居夫婦がお供してをりましたが、何時の頃からか若衆がご隱居夫婦に代つて爺爺（ぢぢ）、婆婆（ばば）と名づけられた倉敷獨特の面を被り、扇の代りに澁團扇を持ち、紺木綿の白絣り模様の半纏、股引をまとい、御神輿の行列の後先に、三々五々加わるようになりました。鬼の面を被つた男衆も錫杖を鳴らし供をしながら、爺爺婆婆共々、子供達を追拂ひ追つかけたりして賑あわせ、祭に輿を添えていました。

御神輿の行列は、途中各町内で少休止しました。昔より休憩の場所は定められていました。それぞれの家も分に應じて御祝儀を渡し、お供の方々へも、酒、菓子、果物類を寄進しました。そして御神輿の前後より千歳樂（せんだいろく）が練り歩きました。千歳樂とは、四尺四角の隅柱だけの臺に、前後二本づつ擔棒があり、臺の屋根には色とりどりの大座蒲團が重ねて飾られて有り、臺の中には、粋な若衆二人が、浴衣姿に派手な色襷を掛けて太鼓の前に座り、擔棒を擔ぐ、前後四十人餘りの男衆の囃子唄に合せて太鼓を打ち鳴らしました。どんなに千歳樂の輿が傾いても、練りゆさぶられ逆さまに倒れても、又たまたま二つの千歳樂が町角で出くわしても、互ひに道を譲らず、ワッシヨイ、ワッシヨイと揉み合つて太鼓を打つ手を止めなかつたものです。

囃子唄

〽五萬石でもーえ　岡崎様ーアーは
城の下まあでよ
船が着く　シヤントコイ

シャントコイ

といふような唄をうたひながら、千歳樂は、町中をねり廻りました。氏神様の參道には、色々の屋臺店が並び、アセチレン瓦斯の臭ひが漂よい、境内には、小學生の習字と圖畫がぎつしりと張りめぐらされていました。「お祭ごう」の晴着を着飾つた子供や若々しい娘達は、新しい表付の「こつぽり」を履き、誠に長閑で鄙びた、さして騷々しくもないお祭風景でございました。戰後は、幔幕も高張提灯も出される家は次第に少くなり、從つて屏風を拜見する行事もかげを潛め、反面、お祭は年々賑やかさを增し、觀光客を樂しませるショーと變つてしまいました。

春秋のお祭りには、倉敷ならではの鄉土料理「ばらずし」(ちらしずしのこと)が、各家庭で造られました。ばらずしは板前さんが造る料理でも無く、又核家族になつてしまつた現在、若い主婦一人が、少量をチヨコチヨコと片手間で簡單に造れるものでも無く、大家族で家中が總掛りで、てんでに役割を定められ、お祖母さん又はお母さんを中心にして、其の指圖に從ごうて材料を調理し、男子も魚類の料理を引受ける家もありました。

野菜の切方、味付け方にも其の家々代々傳わつた習慣があり、野菜の切方はそうでは無い、味の付け方はそんな風ではあるまいと、嫁は姑に小言を貰ひながら、長い年月掛けて肌で覺えてきた郷土料理で、倉敷の「ばらずし」は家々の個性が浸み出ていて樂しく美味しいおすしでございます。お祭には、二升、三升程も壽し米を炊き、贅を凝らして、工風し、野菜、魚も吟味して一つ一つ別々に味付をし、野菜、魚の風味、色にも氣を配りました。出來上ると金蒔繪の輪島塗のお重箱に詰めて、遠くの知人、親類縁者に持參するのも、子供の樂しい役目でした。

「ばらずし」の造り方は、次のようにします。

春秋ばらずしの造方及材料

春

一　酢肴　ひら

一　烏賊　がざえび　車海老　藻貝　鯛　鰆　焼穴子

一　乾瓢　干椎茸　莢豌豆　筍　蕗　木ノ芽　紅土生姜　牛蒡　金絲玉子

秋

一　酢肴　ままかり
一　烏賊　がざえび　黒海老　藻貝　鯛　鰆　燒穴子
一　乾瓢　干椎茸　牛蒡　松茸　新生姜　夾豌豆　金絲玉子

造り方

すしご飯を炊く前に酢魚を作って置く。春は「ひら」、秋は「ままかり」といふ魚を使ふ。お酢に、鹽、忍び砂糖を少々入れてすし酢を造り、その中に魚を入れ三十分程して魚を引きあげ別皿に取分け、酢と別々にして置く。餘り長く酢に漬けて置くと、魚の美味しさが酢の中に出てしまうから、適宜酢より引上げる事が肝要です。ご飯はよくむらして搔輪に取り、熱い内に前述した酢を手早く御飯に萬遍なく打ちかけて、杓子で混ぜながら、側わらの手傳ひ方は、圃扇で熱いご飯をバタバタと煽いで、急いで壽し飯を冷すことがコツです。昔は竈で薪で炊きました。

乾瓢、椎茸、筍等々、總べて別々に味付けをして、特に蕗、豌豆は茄加減に留意し、色、味、齒ざわりに氣を配ります。烏賊、がざえび、藻貝もそれぞれの味を活かす様に、別々に味付し適當に切つて置きます。穴子は炭火で照焼にして半分量は小口切とし、殘りは張身用に大ぶりに切ります。車海老は皮つきのまま味付けし、二枚にはいで置き張身にします。鰆、鯛も刺身位に切り、其のまま醤油に少時間浸して張身に致します。醤油の代りに甘酢に浸してもよろしい。玉子は薄焼にして細く纖切にし、金絲玉子を作つて置く。木の芽は、かなり多く用意し、土生姜は梅酢に漬けた物を使うのが、色、味も良く、細く千切（纖切）にして置く。秋は土生姜は使はず、新生姜を小さく塞の目に切り、酢魚と一緒にお酢の中に入れる。又別に薄く切り、さつと茹で、甘酢に漬けて置き使用する。

野菜、魚は、いづれも味付けが終ると、別々に笊に入れ煮汁を切つて置く。これは壽しご飯が煮汁で染らぬ爲の用心です。

春と秋の「ばらずし」の造り方は同じですが、中に混ぜる魚、野菜の違ひで、季節感を非常に感じます。「倉敷ばらずし」は、冷たくしたすしご飯に、前述のすしの具を全部上下なく混ぜ入れて、更に金絲玉子を全體に振り蒔き、其の上に更に大ぶりに切つた椎茸、車海老、烏賊、燒穴子、松茸、鯛、鰆の醤油に浸した切身を置き、木ノ芽、豌豆を置き、錦織の様に美しく盛付けて仕上げる、實に見事で豪華な郷土料理です。鰆は春の魚と書きますが、春は腹に、まこ、白子を持ち、まこは甘辛く煮付け、蕗、豌豆と一緒に煮ると凄く美味しく、白子は御吸物に白味噌仕立で黄韮（黄色の韮で根元が白く岡山縣特產）を入れ、吸口に水辛子を入れて頂くと、如何にも春が來たといふ季節を強く感じます。

秋は鰆の身が緊まり、お刺身には秋の鰆が美味しいと思ひます。又良く活きた鰆の頭は軟骨なので、薄く薄く切つて三杯酢に漬け込んで置きますと、酒の肴には珍味です。

夏には各町内で小さい祭がございました。印象深いお祭は、和靈様のお祭でした。中新川町を南に入ると、御稲荷様をお祀りしていないのに、稲荷町と名付られている町で、黒住神社があり、少し離れて和靈様の小じんまりした古い祠がお祀りしてありました。黒住神社の輪くぐり祭と前後して、和靈祭が行なわれました。

輪くぐり祭は黒住神社の境内に、葦の葉、萱の葉で大きな輪を造り、お詣りの人々は其の輪を三遍くぐつて、輪の葉を一、二本抜き取り頂戴し、我家より持參した紙型人形に家族の名前を書いたものを黒住様にお供えして、無事息災を祈願致しました。

和靈祭りは、各町内の家々の者が、前以て綺麗な川に砂を取りに行き、砂山をこしらえる用意をしておきます。わけても川沿の家々では和靈祭の當日、早朝より、大人も子供も一緒になつて砂山造りに大童となりました。砂山は家によつて、大きさも、飾り方も違ひ、種々工夫を凝らして、大變賑わいました。砂山の頂きに和靈様が祀られ、色紙で造つた紙幟りに和靈様と書いて、幾本も立て飾り、箱庭風に橋を掛けたり、石段を造り鳥居を飾り、土人形を並べ、小さな噴水を造つたりして、年々趣向をこらし競いあいました。大人、子供共々の樂しい夏の信仰にことよせた鄙びた遊びでございました。

昔々の傳説によりますと、和靈神社の起源は、伊予の宇和島で、武士が惡人に蚊張の四隅を切り落され其の武士は命を果てられ、其後色々恐ろしい怨靈の祟りが起つたそうで、和靈様をお祀りして其の靈を鎮められたそうです。信心深い古老や、祈願を持たれた方、又元氣な若者達は、一晩中蚊張に入らず夜明し、和靈様を偲び己も心身の痛みを共にしたのでせう。

　眞言宗寶壽山観龍寺の境内には、淡島様、妙見様の御堂があります。淡島様も夏祭で、特に女の人々が多くお参りしました。御堂の中は薄暗くて、半紙に包んだ女性の髪の毛やら、髪飾り道具等が御堂の軒下につるされ供えられ、一種異様な雰圍氣に包まれてをりました。街で見かける女の巡禮さんが、背中に笈簏（おいづる）を負うて巡禮していましたが、其の背に負うた笈簏の中に、淡島様が祀つてあり、笈簏のアチコチにも、白紙に包まれた髪毛、赤・青色とりどりの鹿の子絞りの髪飾り布、簪等がぶら下げてあり、歩くたびに背中で搖れて子供心にも氣味悪く、又妙に哀れに感じられました。祖母に尋ねると、「女だけが患らう病ひを癒す爲に、淡島様に願を掛けて諸國を巡禮しておんさるんぞな」ときかされ、もの悲しく哀れでなりませんでした。然し観龍寺の淡島祭は、境内中にアセチレン瓦斯の匂が充満し、綿菓子屋、飴屋、饅頭屋、頑具屋、冷し飴、アイスクリン屋が所狭しと並びあい、「買つてらつしやい買つてらつしやい」と賑やかに客を呼んでいました。私達子供達は、哀れな女の巡禮さんの病のことなど思ひもせず、夏の一夜の祭りを樂しんでいました。

七夕様の朝は、早朝より、「笹や笹、笹はいらんかなー」と笹賣がやつて來ました。子供達は夏休みではあるし、陽の出ない前より仲好し同志連立つて、手に手に空瓶を持つて、田圃まで歩いてゆき、朝靄に包まれた蓮田より緑色の蓮の葉の眞中に、ころころと銀色に光つて見える露を、瓶に集めて歩きました。友の影も靄に包まれ、足元は朝露に濡れて冷たいけれど、空氣は澄んで美味しく、今宵の星祭りの晴天を歡びあつたものです。家に歸ると家中で七夕祭の用意をしました。

庭の縁側に机を置き、お三寶に白紙を敷き七色の絹絲を揃え、盆に七色の果物野菜を用意し、茄子で牛を造り、西瓜提灯を作り供えました。そして、持歸つた蓮の露で硯を洗ひ、露で墨を摺り、短册に、牽牛様、織姫様、七夕様とか夢の様な願事を書いて笹の葉に結びました。そして夜空を仰いで、幼きは幼いなりに、乙女の頃は乙女の願ひ事を、短册に託して星空へ夢を馳せておりました。

又、七夕祭には一年一回、家の中に在る井戸の水を替える、井戸替行事が行はれました。男連中が裸になつて、井戸水を全部吸みあげ、水神様をお慰め申し、井戸を洗ひ清め圍りに鹽を蒔き、水神様を大切にお祀り申しました。みな懐かしい幼い頃の思い出でございます。

宿の女將となり、不圖思ひついたまま、御客様がお集り下さる庭續きのテラスの廣間の机に、昔風に七夕飾を作り、七色の絲、野菜果物を供え、硯箱、筆、短冊、紙撚、お子様にも自由に書いて頂こうとクレヨン等も念の爲揃えて置きました。昭和五十六、七年頃迄は、七夕祭は夏休みの事でもあり、家族連れのお泊り客も多く、子供さん方は嬉しそうにテラスに來られ短冊に色々書いて、庭の笹に結んで下さいました。然し書いてある言葉は昔と違ひ現實的で、「成績が良くなりますように」、「お金持になりますように」、「世界旅行に行けますように」とかで、美しい大空のロマン、星への憧がれは書かれなくなつてしまいました。只今ではテラスに折角飾つたお供物にも、短冊にも餘り關心を示される方が次第に少くなり、店の七夕祭も年々淋しいものとなつてゆくようですが、私は七夕祭は續けて行きたいものと思うております。

八月十三日、十四日、十五日の盂蘭盆祭りは、子供心にも待ち望んだお祭りの一つでございました。それは日頃親しくしている御寺の和尚様やら知人や、遠くの親戚の人達が、お墓参りやら、お焼香においで下さるので、久々に會えるのも嬉しいことでした。戰前の舊倉敷の盂蘭盆祭りは、商賣人の家では、盆と暮の年二回は節季と稱して、半年分の總勘定期でもありました。現金取引又は月末拂のお家もございましたが、大概のお得意先は通帳に記入し、半年拂が慣しでした。父は帳場で忙しく、他の男連中も掛取の爲走り回り、夜遲くなる迄奔走してをりました。父は帳場に端然と座り算盤を彈じき、支拂金、掛取金の引合せに眞劍な面持ちで、寄りつき難い姿でした。それにしても、掛賣買の半年商賣とは平穏な呑氣な慣わしで、今更に良き時代でありましたことと、感無量の思ひが致しております。

　祖母、母は、先祖の位牌をお佛壇よりお出しして、座敷の床の間に段をばしつらえ、大巾の金襴の布で段飾りをして、それにご本尊様、代々のお位牌を並べ、佛様用の高膳、高付、香爐、線香立、打鳴し、木魚等を置き、お花を活け眞菰（まこも）で編んだ舟形の苞に蓮の葉を敷き、數々のお供物を入れて飾つてをりました。祖母は朝晩の茶湯香は勿論、水花といつて、ガラスの器に井戸水を入れ、我家の庭に咲いている朝顏、夕顏、化粧花などを切つて供えておりました。母は親類方の接待やら掛取の爲手傳つてくれる男衆の世話で、忙しく立働いておりました。暮の節季にも、お正月の用意やら、暮の年越蕎の用意と臺所も、それはそれは大變な商賣人特有のせわしさでございました。

盂蘭盆には川沿の家では、川端に一尺角の臺に棒をつけて立て飾り、其の臺に色々お供物を供えて、餓鬼佛を御祀りしました。餓鬼佛とは、祀つて吳れる縁者も無い無緣佛や、飢餓道に墜ち苦しんでいる死者のことで、其の靈を鎭めお祭りする爲のものでした。十三日の夜になると、各家々も川端や門口で迎火を焚いて、我家にご先祖樣の靈をお迎え致しました。その時の祖母の一心に拜んでお迎えする姿が、今も忘れがたうございます。十五日の夜になると送火を焚き、眞菰舟に一杯お供物を入れ、あの世へのお土產を造り、大きな川迄流しに行きました。迎火、送火の赤い炎が暗い川沿に延々と明滅し、もの悲しく美しい一瞬でございました。只今は迎火も送火も止絶え、眞菰舟は各町內別に學校に集められ、川に流さず處分されることになりました。

又昔は盆竈（ぼにくど）と稱して、子供同志の盆遊びがありました。仲好同志が家に集り、てんでに我家より精進料理の材料を持寄り、大人は一切干涉せずに、子供達のみで料理を造り頂きました。當番に當つた家の大人は、時折心配そうに又嬉しそうに、そつと見守つて呉れておりました。樂しくて面白い盆竈遊びでございました。

倉敷地方では、正月、春祭、御盆、秋祭が近づくと、町でも屈指の格式を持たれた呉服屋さん〔楠戸はしまや呉服店、内田おばらや呉服店、岡田呉服店、十六屋呉服店等々〕が、一齊に屋號を染抜いた大風呂敷や、澁紙で貼りあわせた大葛籠（つづら）に、家紋や屋號を記し、中に呉服物を入れ、大八車に積込みお得意先回りが始まるのも年中行事の一つでした。着物に角帯をしめて、腰に帳面矢立を差した番頭さんと、大八車の梶棒を引く小僧さんが、町々を競い合つてゆく風景も、町家の人々の樂しみとなつていました。其の折ふしに買つて貰つた呉服物は、「御正月ごう」、「御祭ごう」、「御盆ごう」といつて、晴着となりました。幼なきも、若い娘も、若者も、其の晴着を身につける時は、何かしら心が彈ずんだものでした。それにしても現在のように、街に出れば何時でも何でも買えることは、果して幸せだろうかしらとも思います。昔、待ちに待つて晴着を買つて貰える時の嬉しさ、父母への感謝の心、そしてそれを身に纏うた時の晴がましさ、又その着物への愛着の心、それは本當に大事な、人としての心と思いますが、使ひ捨てといふ言葉を耳にする度に、私はさみしさが心を掠めます。

「柏屋」では祖父母の代より、年中行事はきちんと守り續けられていました。店先より裏瀬戸迄、石疊が通し敷かれてあるので、棒摺りで摺り磨き、井戸水をバケツに吸んでは、店先より裏瀬戸迄流し、洗ひ清めなくては、一日の終りにはして貰えませんでした。特に御土公様は臺所の竈の神様であるからと、其處は念を入れて清掃しました。祖母は必ず口癖の様に、御土公様は夜中に人が寝靜まつた頃、家中を歩かれ見守つて下さるのだから、お通りになる所は清めて置かなければと、皆に嚴命していました。要するに其の事は、信仰と火の用心を兼ねた、昔の人の素晴しい生活の知慧だと思います。

十一月亥の日に、亥の子祭りと稱して、各家庭では溫い炊込ご飯を炊き神様に供え、この日より炬燵をすることに決つておりました。やがて亥の子祭りが終れば、木枯しがひゅうひゅう吹きすさび、下駄の齒音がカラカラと凍てつい た道に響く師走が訪れ、方々より餅搗の威勢の良い杵の音が聞え始め、正月の用意を人々は考え始めます。近頃の若い人に取つては、年中行事も面倒な爲來たりかも知れませんが、人の心を自から守るけじめだと思ひます。

十一月十五日
ました。

昭和六十三年十月十三日刊
製作　株式會社いなほ書房
印刷　株式會社精　興　社
製本　株式會社星　共　社

V

流れない川

二〇一八年七月七日午前、テレビのニュース映像を見るなり、あわてて実家の母に電話をかけた。

見渡す限り、住宅が茶色い泥海に水没した異様な光景に息を飲み、とっさに東日本大震災の映像がフラッシュバックした。テロップに「倉敷市真備（まび）地区」とある。真備は平成期におこなわれた吸収合併によって倉敷市に編入した西に位置する町で、もとは真備町といったのではないか。それも説明しなければ、広い倉敷市のなかでの位置関係がわからないのに……などと思いながら、テレビから聞こえてくる言葉に耳を澄ます。

昨夜六日、豪雨のため避難勧告が発令された。同日二十三時四十五分、一級河川高梁（たかはし）川の支流、小田川の南側に「避難指示」が発令、堤防が決壊、冠水。

行方不明者多数の模様。被害の全容はまったくわからない。

信じられない思いで画面の光景を追っていると、自衛隊が手配した救命ボートに裸足のまま乗り込む家族、二階の窓から手を振って合図を送りながら救助を待つ男性、空を旋回している赤いヘリコプターの尾部には「奈良県」の表示があり、しだいに高度を下げて水面ぎりぎりの二階の窓から老人を助け出そうとしている……新聞には、「豪雨」「堤防決壊」「救助活動」などの文字があふれ、被害は広島、山口、愛媛ほか西日本全域に広がると報じている。

山あいの真備地区は、倉敷の市街地からたしか車で三十分ほどの距離だ。母がいま住まうのは市の中心部、マンションの四階だからとりあえず緊急を要する事態は免れているだろうけれど、ひとり暮らしの身にはさぞかし不安な一夜だったろう。

電話はすぐつながった。

「お母さん、大丈夫!?」

「うんありがとう。大丈夫よ。きのうの夜中からものすごい土砂降りで、あれは警報だったのか大きなサイレンが何度も聞こえたけど、とにかく雨の音がすごいから何がなんだかわかりゃしない。朝方までずっと降っていたけれど、いまは嘘みたいに止んでる。それにしてもものすごい雨だった」

「真備町が水没してるの」

「えっ」

「小田川って聞いたことがある？　高梁川の支流の川。真備を流れている小田川が決壊したって、ニュースで言ってる。大きな記念病院の二階まで水に浸かってる映像もさっき出ていて、患者さんや家族が屋上に避難しているようだった。うちの親戚で真備に住んでいる人はいる？　だれか知り合いで真備に住んでる人は？」

「いない、だれもいない」

「そう」

ひとつ気にかかることがあった。母が暮らすマンションの向かい、道路に並行して倉敷川が流れている。水路のような幅の細い流れなのだが、冠水したんじゃないか。

「そうよ。そりゃあすごかったよう。今朝になって小降りになったから、私も気になってベランダに出て下を見てみたわけ。そうしたら、あの水の少ない川から茶色い水がざあざあ溢れていて、ええーっと思って。こっちから見て川の向こう側の土地が低いらしくてね、片方だけに水が溢れだしている。あれを見たら、ひと晩でどれだけ雨が降ったかわかって、急に怖ろしくなった」

やっぱりそうだったか。母の住む部屋は四階である。

受話器から聞こえてくる声の背後から、いびつな茶色い濁流の音が立ち上がって被さるようだった。

ほっとしたのだろう、母の声が間断なく続く。

「でも、水位はずいぶん下がったよ、こっちの道路側には溢れていないから車も走ってる。さっきお父さんに電話してみたんよ。そうしたら『ふつう通りにしとる、こっちも変わりないから心配するな』と言ってた。あ、だんだん空が晴れてきたみたい……」

それはよかった、晴れ間が出てきたのならひと安心だねと相づちを打ちながら、いっぽう、きわめて厳しい状況下に置かれている真備地区の現実が脳裏をよぎった。町や地区が吸収合併されて倉敷市はいますごく広くなっているけれど、のんきなこと言ってられないのよお母さん、いま真備は……言いかけ、あわてて口をつぐむ。ひと晩中つづいた豪雨をやり過ごした直後の、しかもひとり暮らしの老母をむやみに怖がらせる必要はないのだと思い直して。

ひとしきり話してから電話を切っても、茶色く濁った水が暴れる映像が消えていかなかった。

べつの言葉がぐるぐる廻りはじめた。

そうか、倉敷川が溢れたのか。となれば、倉敷川をはさんで建つ大原美術館や大原邸の前でも水が溢れたのだろうか。もしそうなら、聞いたことも見たこともない倉敷川が出現したということ。

どんな川であっても、川と呼ばれる限り、川としての命脈を保ち続けるものなのだろうか。

なにをおかしなことを、と嗤われるかもしれないが、そう思わざるを得ない理由がある。

水の流れない川面をいつも見てきた。

水が溜まったまま、流れない倉敷川。むしろ掘割りと呼んだほうがしっくりくる。白鳥が二羽放たれてぷかぷか浮かぶ絵葉書じみた風景も、初めて見たときからくすぐったかった。

観光地としてのイメージを担ってきた川なのだ。しなだれる柳の緑、石造りの欄干や太鼓橋、川端に積まれた堅牢な石垣、川面にゆらぐ紺碧の空と白い漆喰壁の蔵屋敷。いっそ額縁をあてがってみたくなる、どの角度から見ても一枚の絵におさまる風景は、観光客の期待を裏切らない。しかし、すぐ近所に生まれ育った者にとってみれば、額縁入りの絵がよそよそしく映る。あたり一帯が美観地区と呼ばれて雑誌のグラビアやポスターにお誂え向きだとしても、親に手を引かれて歩く通り道だったり、買い物ついでの散歩道だったりすることには変わりはないのに、野山や里と混じり合う川ではない。

——言いたいのは、思惑とか計画とか都合とか、人間のつけた手垢が気になるってこと？

——そうかもしれない。でもそれは、役目を終えて保存されたものが背負う宿命。それが倉敷川という川なのだから、なにを言おうが詮ないこと。川には、もちろんなんの罪も責任もない。重々わかっている、それは。

自問自答を繰りかえしながら、倉敷川について折り合いのつかない感情を抱いてきた自分を、正直に告白すれば「持て余してきた」。

幼い頃から飽きるほど眺めてきた身内どうぜんの倉敷川である。しかし、暗室のバットに張られた暗い現像液にも似て、溜まって流れない水はさまざまな像をゆらりゆらり蠢かせる。

倉敷川は、かつて新田開発にともなう運河として開かれた。江戸期に干拓が進んで倉敷一帯が児島と陸つづきになって児島湾が誕生すると、澪をつたって船が入ってくることが困難になり、その不都合を解消するために川を造成する必要が生じたのである。江戸中期、現在の美観地区の界隈は、船を操る水夫と呼ばれる労働者たちが住む場所だった。元禄期に入ると水夫屋敷が「組」を編成するようになり、そののち特権的な商人が生まれて栄えてゆく。流路延長わずか十三・六キロ、上流の川幅十メートルほど。県北の高梁川に端を発し、桜の名所として知られる酒津で分かれ、市中心部の川西町、新川町、前神町、船倉町、新田を通り、高梁川と児島湾を結んだ倉敷川は、かつて政治や経済の発展をあと押しする交通の要路として機能していた。役目を終えた川、と先に書いたのはそういう意味である。

昭和三年生まれ、すぐ近所の稲荷町で生まれ育った父から聞いたことがある。

「むかしは、大原美術館のあたりまでいろんな船がきとった。満潮になると川の水位がぐーっと上がって高瀬舟の流路になるんだが、いまみたいに水がのんきにたぷんたぷんしとらんかったのよ。荷物を積んだ蒸気船も入ってきとったからね。木材とか綿とかレンガ、石炭、野菜や果物なんかも運んでいたんじゃないの。中橋のあたりには、冬になると牡蠣舟が浮かんでたよ。いまの『旅館くらしき』、あの屋敷は、もとは砂糖問屋だったと聞いとる」

倉敷川に架かる石橋が中央部分の高い太鼓橋になっているのは、石橋の下を船が通りやすくするための工夫だったと知ったときは、絵葉書のなかの風景に息が吹き込まれた気がしたものだ。

倉敷川がべつの名前をもっていたことは、最近になって知った。汐入(しおいり)川という名前は、川が児島湾に通じていた時代の名残り。もうひとつの名前、前神川は、いま大原美術館の裏手にある若竹の園保育園舎の場所に御崎神社があったことから。そして、荷物を運ぶ船のあいだを縫うようにしてわんぱく坊主たちが泳いでいたという古老の話を読んだときは、わあ、と思わず声がでた。昭和初期まで川は近隣の暮らしとともにあったのである。

倉敷川について複雑な感情を持て余してきた理由のひとつは、そのような歴史の断片、界隈にまつわるこまごまとした事実の数々が観光地という現在のなかに埋もれてしまっているからだ。倉敷には、民藝館や美術館は目立っても、近世から現代の生活の諸相を知る手がかりが書物や文献以外にそれほど多くない。

長い眠りについてきた倉敷川を、豪雨が攪乱(かくらん)している。真備の小田川は決壊して土地を揺さぶっている。離れて東京に住んでいるからだろうか、私には、おなじ高梁川の水脈につながるどちらの川も切り離しては考えられず、ひと繋がりの濁流になった。

真備地区に向かったのは、豪雨の二週間後である。

七月二十一日、朝。友人の運転する車で真備の町に入ってすぐ、視界にうっすらとフィルターがかかったような奇妙な感覚に襲われた。白っぽく霞みがかかり、焦点が拡散してぼやける。でも、空を見上げると太陽はギラついて真っ青。なんだろうこの違和感の正体は。

救援の自衛隊や物資を運搬するトラックなどで道が混み始める前、渋滞に加担しないように倉敷市内を朝早く出た。倉敷の中心部から真備地区までいつもなら三十分ほどで着きますと、ハンドルを握る友人が言う。

市街を出て、氾濫した一級河川、高梁川の近くに差しかかると、広い両岸の木々が無残に折れ曲がっていたり、大小の流木が転がったり枝に引っかかっていたりする光景が続く。二週間前の夜中、この一級河川が荒れ狂うさまを想像しようとするのだが、水はまだ濁っているものの、川面は何ごともなかったように平然としている。

あのときもそうだった。

東日本大震災の七か月後のことを思いだしていた。

岩手県三陸海岸を走る三陸鉄道北リアス線が一部しか運転再開されておらず寸断されていた時期、宮古を訪ねた。宮古市役所の玄関を入ると、津波に襲われた一階の壁面は、板張りの応急処置をしたまま痛々しい。市役所の五階に上がって背後に広がる海を見ると、これが黒い津波となって市街地を襲ったとはにわかに信じられない、おだやかな青。あまりにも激しい落差に自分の頭がついていかない。あるいは、浄土ヶ浜の遊覧船に乗って海岸線をめぐってみると、流紋岩、ローソク岩、海水が噴き出す潮吹岩、切り立った断崖絶壁……かつて「さながら極楽浄土のごとし」と賞された風景が、やっぱり何ごともなかったかのようにそこにある。遊覧船のガイドさんが「津波に表面が洗われたからでしょうか、震災の前より岩の層の色がくっきりしました」と言うのを聞いて、ぞわりとした。人間が作ったものは壊れても、自然は表情を変えながら、ただそこにある。

もう真備に入りましたよ。運転席の彼女が言う声にはっとして、あわてて外を見る。目を凝らすと、通りかかったガソリンスタンドには人の影がなく、給油機の外側は泥だらけ。店内はがらんどう、床もいちめん泥まみれのままだ。コンビニは、無人どころか棚に商品のひとつもない。なにもかも流されてしまったということか。

「洋子さん、あそこ……」

うながされて運転席側の車窓の外に視線を動かすと、ガラス扉や窓がすべて失われた建物の一階の床がセメントを流し込んだみたいに固まって、イナヅマそっくりの長いひび割れが叫び声を上げている。人手がなくて掻き出せない手つかずの泥が、照りつける連日の太陽の熱で水分が蒸発したままがちがちに乾き固まっている。

前方に現れたのは、まび記念病院だ。ひと目でわかったのは、ニュース映像や報道写真で繰り返し見ていたからだった。機能していない病院は要塞のようだと思いながら二階、三階と視線をずり上げていったとき、それまで感じたことのない種類の戦慄が押し寄せてきた。

屋上に逃げたひとびとをヘリコプターが救出する映像では、たしか三階近くまで茶色の水に浸かっていた。ということは——いま自分たちが走っているこの道路は、川の方面から押し寄せた濁流の底にあった。

七月二十一日夜半、目と鼻の先の高梁川支流の小田川が決壊して真備の町が水没した、そのリアルな恐怖をわが身に受け止めた瞬間だった。細く開けた車の窓からするすると侵入する泥水。連日の報道が伝える死者、行方不明者、浸水によって家を追われた人々と自分がおなじ場所にいる。

その直後、赤信号で停まったときだった。フロントガラス前方の交通標識のポール全体が白っぽく、目を凝らすと泥がまだら模様になってこびりついて乾いている。

ようやくわかった。

町を覆いつくす白っぽいフィルターがかかったような靄(もや)の正体は、泥そのものだった。町を飲み込んだ濁流が引き、夏の太陽にさらされ、乾き、こびりついた禍々しい泥。町全体が白い理由は乾いた泥なのだった。

運転席の友人とは、豪雨の翌日からメールのやりとりをしていた。短い文面から、彼女の動揺が伝わってくる。

「おはようございます。これから真備地区へ向かいます。断水していて、何をどうするにも困っている状況です」「今日は天気が回復して浸水がはけ、おのおの家の片づけに向かっているようです」「通行が制限され、各方面からの援助が渋滞に巻き込まれています。私も、行くと渋滞の嵩増しになりそう。行動が吉と出るかどうか」「現場では、とにかく水を！　家がない命ひとつの状況で、これからどう命を守るか」「真備地区は壊滅的で、真備への決壊がなければ、倉敷駅前や美観地区にどれだけの被害があったかと思います。言葉がありません」

いま読んでも、息苦しくなる。

彼女はこうも言っていた。

「真備に住んでいる友人や知人の安否が心配で、食べ物や水や日用雑貨を車に積んで向かったとき、いちばんうれしいと言われたのは、じつは氷だったんです。断水しているから、水道の蛇口から水がでない。停電していて冷蔵庫も動かない、飲み物があっても冷やすことすらできない。炎天下で泥だしを手伝っているボランティアの方たちも、まっ赤な顔で氷をしゃぶっている。この暑さのなかで水道、電気、ガスはおろか家まで奪われ、いのちを問われています」

氷をかき集めて運んだ彼女が、真備に起きている現実を見てください、じかに見てほしいんですと言い、今日こうしていっしょに真備に来た。

町のなかに入ると、道路の両側、家から運びだした家財道具が積み上げられて塀のように続く。水を吸って膨らんだソファや布団。テレビ。ひっくり返った箪笥。勉強机。鍋。自転車。ファクスの機械。CDプレイヤー。靴。座布団。食器棚……つまり、生活がまるごと無秩序に路肩に積み上がっている。これらを自衛隊や自治体のトラックが回収して学校の校庭や公的機関の空き地に移して処理するというのだが、とにかく物量がすさまじい。集積所のひとつになった学校に行ってみると、校庭には、高さ五メートル近く、首を伸ばして見上げるほどの瓦礫の山がいくつもそびえていた。

決壊した小田川のほとりに差し掛かった。

小田川と高梁川の合流地点近くに、川辺地区や岡田地区がある。かつて二本の川から流れ出る土砂が堆積して中洲ができ、集落が形成され、船が交通機関として発展してきたこれらの地区は、何度も豪雨被害を被ってきた。

『苔の香　真備町外史』と題された一冊がある。著者の粕谷米夫は、真備町史の編纂に携わった地元の郷土史家で、民話や古歌なども蒐集、真備に関する歴史資料を数多く後生に伝えている。倉敷市立中央図書館でこの一冊を見つけたとき、ページをめくる指がもつれかけた。はたして、真備が過去に被ってきた大雨や堤防決壊の事実が詳細に記録され、「天変破堤実記」と題された古い文書の一部まで転載されていた。

明治期に発生した高梁川の氾濫について書かれたもので、「川辺の洪水」として川辺地区に起こった事実が記されている。明治二十六年（一八九三）十月十四日から十六日にかけて大雨が降り続き、堤防決壊。これまで大水のたびにどこもかしこも水浸しになるので、江戸時代の中期頃に堤防が造られだしたと書かれている。当時、高梁川水系には雨量観測所がなく、ひとびとは固唾を呑んで川の状況を見守った。

百三十年前の洪水を伝えるごく一部を引用したい。

「土手が切れたの大声が聞えて瞬く間に家を没しました。二階や屋根裏では間尺に合はず、人々は屋根を破って上に出ました。その中に家屋が浮き上り流れ出しました。逃げ遅れた牛や馬が泳ぎ着いて屋根へ上らうとします。牛馬に上られては屋根が潰れて仕舞ふので突き落しました。平生は可愛がってゐた牛馬ではあるが、人間が生死のどたん場のときですから涙を呑んで突き放しました。

無数に居る蛇や鼠は払い切れないので屋根の上で同居しました。小さい子供は水にアダクレル心配があるので、垂木へ紐でくくりつけました。隣りの人が流れて行くのが次第に遠ざかって行きます。『助けて呉れー』の声がそこら中から聞えて来ます。どうし様もないことは分って居り乍らも、自分も『助けて呉れー』といがり続けました。仕舞には声も出なくなる程でしたが、助けて呉れーといがって居ると誰か助けに来て呉れる様な気がして、いがらずには居れませんでした。見慣れた家や山が間近に見える間は気丈夫でしたが、海へ流れ出て、山も見えなくなってからは一層とぼしい気持になりました。ぐったりして仕舞ました。一緒に流れて行った近所の人の泣き顔が目に浮びました。親類の人の顔が目に浮びました。絶望感がひしひしと迫って来ます。思はず知らず神様や仏様を拝みました。心経を一心不乱に唱へました。助けてくれーといがり続けました」

（『苔の香　真備町外史』粕谷米夫　六甲出版　一九八三年刊）

声を嗄らしていがり続けるいのちの心経。被害状況は、家屋流出は川辺村百八十二戸、岡田村十二戸、死亡者は川辺村五十八人、岡田村五人。そのほかの村にも被害は広がっている。

その小田川の堤防に私たちの車が停まった。

決壊したのは、この川だ。

つい二週間前の現実なのに、車から降りて土手の高いところから小田川を見下ろすと、癪に障るほど平然と流れている。しかし、よく見ると流速のある水は濁りがちで、川べりの鬱蒼とした濃い緑の繁みに視線を移すと、木々がことごとく途中で折れたりなぎ倒され、七月六日から七日の時間がそのまま止まっている。

「あそこ、見えますか。ブルーシートの青い色が続いているところ。たぶんあのあたりが堤防が決壊した場所だと思います」

彼女が指さす方向に目を転じると、川べりに積み重なる大量の土嚢（どのう）、そこへブルーシートが掛かる一帯があった。堤防が破れ、水の勢いが土を削って流れだしたその場所。

二〇一八年、西日本豪雨が真備町地区にもたらした被害は、土地全体の四分の一にあたる約千二百ヘクタールの冠水、全半壊約五千五百棟、犠牲者五十一人。被害は岡山県下各地に広がり、総社市ではアルミ工場が浸水し、水蒸気爆発が起きたとみられる工場と周辺の住宅三棟が全焼。広島、山口、愛媛、福岡ほか西日本全域にも被害は広がっている。一九年、自宅に戻れず仮設住宅などで仮住まいを続ける被災者は約一万四百人。県別最多は岡山県の約七千四百人、そのうち約六千八百人が真備町地区を含む倉敷市だと報じられている（二〇一九年七月六日付　東京新聞朝刊）。

真備町地区の被害についてどうにも胸のざわつきがおさまらないのは、災害とは無縁だと思われてきた観光都市倉敷の出来事だからというだけではない。まず気に掛かるのは、冠水した土地一帯は、あらかじめハザードマップによって水害の危険性が指摘されていたということ。そもそも真備町地区は一級河川の高梁川と支流の小田川が合流する地点に位置し、さらに支川の末政川、高馬川が流れ、明治から昭和期にかけてしばしば内水被害に苦しんできた土地である。先に引用して示したように、洪水の悲惨さを伝える古い文書も後世に遺されているわけで、先人の教訓が生かされず、被害が拡大した事実にせつない感情が揺さぶられるのだ。

さらにくわしく調べると、せつなさは憤りに変わる。被害の原因は「バックウォーター現象」によるとされるのだが、これは、川の流れが合流するさい、すでに水位が上昇している本流に支流が流れこみにくくなり、水が滞留して逆戻りすることで、その結果として水位が上昇、合計八か所にわたって堤防がつぎつぎに決壊した。しかし、この事態はすでに予測されていた。岡山県が二十年にわたって放置してきたといわれる河川の改修工事にようやく予算がついたのは一四年、国土交通省による小田川の付け替え事業が一八年秋に始まろうとしていた。つまり、その直前に起こった災害だったのだから、おおっぴらに口には出さなくとも「恐れていたことが起きてしまった」「被害は未然に防ぐことが可能だった」という思いが頭をよぎるのは当然だろう。

土嚢の積み上がる小田川のほとりに立つと、こうして身を置く場所は、いつだって心許ない場所に転じ得るという怖ろしさが募ってくる。おなじ県下、岡山市内を流れる旭川、百間川では浸水被害はなかったようだが、いっぽう、倉敷市を流れる倉敷川は溢れる寸前、真備町地区では川の水が町中をのたくった。これは、倉敷の内輪の話でもなければ、もちろん他人事でもない。地震や水害をはじめ自然災害と共存しながら暮らす日本人の宿命として、あるいは温暖化現象がもたらす自然環境の変化の課題として、自分の身に直結する出来事に違いない（その後、一八年から五年計画で河川改修事業が集中的に実施され、高梁川との合流位置が約四・六キロ下流へ付け替えられた。堤防も幅五メートルから二十五メートルに拡張された)。

雑多な負の感情がふくれ、真夏の暑さにも煽られて、整理のつかないまま車に戻った。

「すこし近隣を走ってみましょうか」

言葉すくなに言いながらキーを回し、堤防の道をバックし始めた。

「そうね、小田川にはカッパが棲んでいるかな、そこいらからひょいと現れたりして」

助手席の私がとんちんかんな返事をした。小田川の周辺には鬱蒼とした繁みがもくもくと広がっているので、民話とか昔話を思いだしたのかもしれない。

そういえば、真備町地区には、あの名探偵金田一耕助が誕生した横溝正史の疎開宅が保存公開されている(浸水は免れ、無事だった)。

川沿いから町側へ、つまり決壊した川の水が襲いかかった方角へ走りはじめてほどなく、べつのひんやりとした違和感が押し寄せてきた。

その正体はほうぼうに現れた。

黒い口を開けたまま建っている、がらんどうの家々。

外側は家のかたちをしているのに、一階も二階も窓という窓は開けっぱなしになっている。近づけばぽっかりと開いた四角い黒い口に見え、遠くから見ればば表情のない目にも見える。しかも、どの家も申し合わせたように玄関だけが閉じられ、ちぐはぐな光景が異様な緊張感を漂わせている。家の内部にも周辺にも住人の気配はなく、無音に包まれた一軒、また一軒。よく目を凝らすと、素通しの窓の奥には家具がひとつも見当たらず、遠くから見ても壁がむきだしになっているのがわかる。

車で五分、十分走っても、ひび割れた田んぼのあいだにがらんどうの家が現れ続けた。

私は身体をひねって後方の川のほうへ向き直り、自分に確認するように言った。

「あの方角から堤防を川の水が越えて、ここまで一気に流れ込んできて、家の一階に入ってきて、二階まで増水していって、家具もぜんぶ水に浸かって、水が引いても住めなくなって、自分の家にいられなくなった……そういうこと」

ええそうです、と運転席で彼女が前を向いたまま言った。

「どの家も窓をぜんぶ開けてあるのは、少しでも早く家のなかが乾くためですよね。家は流されずに遺っても、形があるだけで、住めない。水が人間を追い出したんです」

当夜のようすを、救出にあたった当時者の立場から伝える新聞記事がある。記事は、県警玉島署・井上正夫副署長の備忘録をもとにしたなまなましいものだ。

「7月7日(午前)01:15 宿直長から小田川決壊で全員呼び出し」
「03:00 セブンイレブン箭田付近冠水」

救助活動にあたっていた井汲元気巡査長(28)と千葉朋哉巡査(21)は、左手でつかんだガードレールを頼りに、胸元に迫る泥水の中を歩いていた。バス停の標識や廃材が流れていく。1キロほど先で光るパトカーの赤色灯をめざした。

体が震えて『殉職が頭をよぎった』という千葉巡査を、井汲巡査長が『まっすぐついてこい』と励ました。2人がパトカーにたどり着くと、鷲尾広典巡査部長(38)が『よお戻ってきてくれた』と声をかけた。

3人は6日深夜から、真備町箭田地区や有井地区で交通規制や救助活動に追われていた。『増水が早すぎて、行けそうな所に行くしかなかった』と井汲巡査長。窓から助けを求める住民を見つけても近づけず、『高いところに逃げて』と叫ぶのが精いっぱいだった。途中で振り返ると、歩いてきた道は水にのみ込まれていた」

「03：35　地域課長ら真備交番から高台に避難

真備交番で住民からの電話を受けていた山下淳地域課長（58）は午前3時すぎ、『バチャバチャ』と雨音と違う水の音を聞いた。外に出ると、目の前の道路の水はひざ下まで来ていた。『濁流が勢いよく迫ってくるのではなく、音もなく、すーっと来た』」

その後、避難誘導を続けるが、水位は上昇し続ける。

「『水が追いかけてくるから、坂道に止めた車を何度も移動させた。道が船着き場みたいになっていた』」

（朝日新聞デジタル二〇一九年一月七日付）

救出を待つ者も、救出に向かう者も、星明かりひとつない停電の闇のなかでじわじわと嵩を増す水の恐怖にさらされていた。

七月七日朝。日の出とともに現れた真備町地区は、巨大な茶色の湖と化していた。ほどなく機動隊、県外の応援部隊、消防隊、自衛隊が入り始め、救助活動が始まる。

東京の家のテレビの緊急中継ニュースの画面で見た、二階の窓ぎりぎりまで水没した家の住人がおおきく身を乗り出し、救出に来たヘリコプターに向かって目印の布を振る光景が網膜に舞いもどってくる。あの瓦屋根の家は、ついさっき見た空洞の家だったかもしれないし、すぐ隣の家だったかもしれない。
三、四十分ほどあたりを走るうち、現実と想像のあいだに横たわる距離が、きしみ合いながらも、わずかに縮む。そうしたら、今度はある気がかりが湧いてきた。家を追われた住人の方々はいまどこにいるのだろう。ぶじに避難されたのだろうか。この炎天下、寝るところ、食べるもの、着るもの、生活に必要なものは足りているのだろうか。
「ひとまず各地域の小学校や公民館で避難生活を送っていらっしゃいます。民間の炊きだしも組織されていて、それぞれにできることを、とみんなで手分けして動いていますよ。洋子さん、関係者に話を聞かれますか」
　路肩で車を停め、バッグから携帯電話を取りだした。

　夕方五時過ぎ。八月の山あいの路肩に、いかにも唐突な光景が現れている。手ぎわよく設営されたテントの下、白いテーブルクロスのかかった長テーブル。風に乗ってぷうんと漂うデミグラスソースの芳しい香り。テーブルの背後には、移動ガスコンロにのせた寸胴鍋が湯気をたてている。中型バンの後部から運びだした保温バットには、温かいご飯。コックコートに身を包んだシェフ数人がしゃもじを握り、用意した大量のランチボックスによそいながら準備に余念がない。
　しかし、すぐ背後の山に目を転じると、山肌がごっそり崩落して粗い黒土がむきだしになっている。崩れて流れ落ちた土砂が、すぐ下方に広がるいちめんの田んぼを覆い尽くしたのだ。田んぼや畑の乾いた土色の表面は見渡すかぎり炎暑の熱でかちかちに固まっており、大小のひび割れが細く、長く、黒いカミナリのように走り回っている。あの日の豪雨がなければ、いまごろ緑の稲穂がゆさゆさ揺れていただろう。

真備町服部地区。今日は、市内の美観地区の顔のひとつ、倉敷国際ホテルによる炊きだしの日だ。西日本豪雨の甚大な被害が伝えられた直後から、市内外のボランティアが炊きだしをおこなってきた。その事情にくわしい友人が連絡をつけてくれ、私は真備町での炊きだしにうかがわせてもらうことになった。身体を動かして手伝いたかったけれど、かえって邪魔になると気がついて、現場でそっと見守るにとどめた。炊きだしをおこなうとき、行政との連携のあるなしにかかわらず、ボランティアの大半はあらかじめ避難所の人数や状況を想定、それにふさわしい量と数を用意し、配り終えるとすみやかに撤収する。あらかじめ関係者に話を聞くと、「自分たちにできることを、できる範囲で」という約束が、暗黙のうちに遵守されているようだった。そこへ介入するのは、自分のエゴでしかない。けれど、「ぜひ来てください」「自分の目で現実を見てほしい」「書いてください」と言う彼らの声に、私は背中を押してもらった。

涼しい夕風が吹きはじめた午後六時、服部地区のかたが続々と集まってきた。テントの前の路肩に沿ってならぶ行列のなかから、声が聞こえてくる。

「わあ、ひさしぶり。心配してたよ。元気じゃった？」

「孫の家が浸かってしまってなあ、いまみんなうちに寝泊まりしとる。お宅はどんなにしてるかなと思うてね、気にしてたんよ」

「うちは九月半ばに仮設住宅に行けることになったの、ほっとしたあ」

おたがいに安否確認や情報交換をしている。炊きだしの現場は、ばらばらに離散しがちな地域のつながりを結び直す役目を担っていることを知った。

服部地区では、約二百軒のうち半数が浸水、もろに豪雨の被害を受けた地区のひとつだ。やっと泥だしを終えても電気やガスが使えない家もあれば、一階は水没して住めなくなったが、かろうじて二階には住める家もあるし、親戚の家に避難したまま無人の家もあるという。それぞれの事情を抱えながら落ち着かない毎日を送っているところへ、待ちかねた炊きだしの日がやってきた。

今夜の献立はハヤシライス、アイスクリーム、フローズンフルーツ。厨房のままのコックコートを着たシェフたちは温かいルーをレードルですくってよそい、用意した四百人分のランチボックスが着々と手渡されてゆく。

子ども二人の手を引いてやってきた三十代のお母さんが言う。

「温かい食べ物がうれしいんですよね。どうしても毎日似たものを食べているから、ホテルのハヤシライスなんて夢みたい」

おずおずとおじいさんが訊いている。

「うちは五人家族だから五人分もらえるかのう。わしひとりが来たのに、そんなにもらってええんかどうか……足りなくなることはない？」

「たっぷり用意してありますから、どうぞどうぞ遠慮なさらずに」

ありがとうありがとうと繰り返し、家族五人分のランチボックスを入れた紙袋を両手に提げて山のほうへ帰ってゆく。煮炊きができない住民のために、朝はおにぎりとパン、昼は仕出し弁当が市から支給されているのだが、炊きだしの対象について路肩にこんな貼り紙があった。

「①避難所で生活している方

②ご自宅で寝起きしているが　台所が使えないなど日常生活ができない方」

なぜわざわざ明示されているのだろう。訝しく思い、世話役のひとに貼り紙の意味を訊いてみると、

「被災して不自由な暮らしを強いられていても、自分は家に住めるだけ恵まれている、炊きだしまで援助してもらったら申し訳ないと思うかたがいらっしゃるんです。遠慮せず気軽に来てくださいという意味なんです」

そうだったのか。日常を奪われてなお、住めるだけ恵まれているから気が引けるという当事者の繊細な心境を、すぐに推し量ることができなかった。

じっさい、現地で情報収集やサポートに奔走する行政の当事者にとっても、豪雨の翌日から夏じゅう無我夢中の毎日が続いていた。避難所をまわりながら尽力する倉敷市文化産業局、観光課課長のUさんが打ち明ける。

「最初の一か月は、何をどうしたらいいのかわからず、心と身体がちぐはぐなままの手探り状態でした。風評被害からも守らなくてはならない。倉敷は、平和でおだやかな町だと思っていましたから……。他県の自治体の職員も応援に来てくださったり、ボランティアのかたがたも毎日千人も入っていましたから、こちらも夢中で走りまわりました。各避難所によって状況もルールも違いますし、炊きだしひとつとっても、献立の内容や頻度が偏らないように調整が必要です。自分たちに何ができるか、日々問われていました」

現場でいろんな立場のひとに話を聞くと、とてもひとくちに〝炊きだし〟と括れない。PTAなどの主催で炊きだしが始まっても、金銭面での負担がふくらんで立ちゆかなくなり、仕出し弁当に切り替わってしまう。被災地で温かいものが喜ばれる背景には、自治体の予算や人材などの問題が絡んでいる。夏場の食中毒も用心しなくてはならない。個人のアピールを狙う炊きだしは、とかく混乱を招きがちだ。芸能人が来て炊きだしをしていると報じられると、よその土地からファンが殺到して避難所の空気が荒れてしまう。いっぽう、行政による災害ボランティアセンターが開設される以前、自分の車に水のタンクや温かい牛丼、味噌汁を作って駆けつけたひともいる……とくに報じられないけれど、大事な話ばかりだ。

べつの日の夜。市内十四の避難所のひとつ、真備の船穂小学校体育館(九月以降は船穂公民館へ移動した)にうかがった。日暮れに灯りのともる体育館に入ったときの気持ちは、いまも忘れられない。入り口で靴を脱いでビニールのスリッパに履き替え、体育館の床に立った瞬間、とっさに浮かんだ言葉は「私はなにもわかっていなかった」。体育館の床の硬さをつうじて足裏から伝わってくる冷え冷えとした感覚。煌々(こうこう)とまぶしい大きな蛍光灯。ひと目を避けて干す洗濯物。段ボールの間仕切り。天井には体育館の鉄骨。非日常を日常として暮らさなくてはならない避難所のリアルな現実を、緑のビニールのスリッパの堅さや冷たさによって思い知らされた。

七月七日に避難してから一ヶ月以上ここに暮らしているという、八十歳と八十四歳の女性と言葉を交わす機会があった。

「この方ね、あたしより四歳年上。着の身着のまま、ボートで救出されたの」

「そうなの、ここに来たときは裸足でびしょぬれでした。何も持ち出せなかったから着替える服も一枚もないでしょう、避難所に届いた寄付のなかから着させていただいてます。今日も炊きだしに来てくださって、本当にありがたいことです」

銀髪の小さな老女が焦りも憤りも洗い落としたような穏やかな口調で、しきりに感謝の言葉だけを発することにひどく心を動かされていた。

「きのうはね、美容院の方がここに来てシャンプーしてくださったんですよ、うれしかった」

今日の夕食の炊き出しを担うのは、美観地区の老舗旅館「旅館くらしき」。七月末から数えて四度めの炊き出しで、女将の中村律子さんや従業員たちが車を連ねて訪れた。十三世帯二十六人（二〇一八年八月二十八日現在）、三十食分。老舗旅館の料理人の腕を生かして、献立はちらし寿司、冷そば、具だくさんの熱い豚汁。一人前ずつパックによそって配るちらし寿司は、海老、穴子、酢蓮、さやえんどう、でんぶ、あでやかな彩りに目が華やぐ。段ボール仕立ての簡易ベッドに腰掛けたおじいさんが、ちらし寿司のパックを手にのせ、箸を動かすたびに顔を上げ、黙々と味わっていた。

おいとまするとき、さきほどの女性に「どうかお元気で」と挨拶した。ちらし寿司、いかがでしたか、と私。

「味がね、やっぱり違うと思いましたよ。酢飯はほっとするし、ぬくうてね、本当にありがたかった」

二〇一九年九月四日、倉敷市での避難者総数は四百五十六人である。ひとりひとり、一軒一軒、べつべつの事情がある。それらを引き起こしたのは倉敷という土地をくねり進む川なのだと思うとき、流れる川も、流れない川も、等しく力を振りかざして身近に迫り来る。流れないと勝手に思いこんでいた倉敷川が水飛沫(みずしぶき)をあげて咆吼した。

民藝ととんかつ

三十になる手前の頃だったと思う。

ひさしぶりに子連れで実家に行くと、見たことのない二種類のうつわが食器棚に並んでいるのを見つけた。あれ、新しいうつわが増えている。実家に暮らしていた高校三年の終わりまではなかったし、新しい食器を買い求めることが少ない母にしては珍しい。

どちらも民藝のうつわだった。

一種類は、十七センチ角の正方形、なだらかな窪(くぼ)みの厚手の深鉢。藍地に白い模様のごくシンプルなもので、柄違い五枚組。

もう一種類は、八センチ角の正方形の小鉢。藍、深緑、柿色などを組み合わせたモザイク模様で、柄違い五枚組。

いずれも素朴な風合いで、釉薬(ゆうやく)のたっぷり掛かったガラス質の肌合いに特徴がある。釉薬の掛かっていない底の生地はまったく同質なので、おなじ窯で焼かれた陶器だということはすぐにわかった。

日常使いの素朴なものだけれど、母がこれらを食器棚から取り出すことはあまりないのではないか。何度か実家に行くうち、そう思うようになった。なぜなら、娘や孫を迎えてつくるすき焼きのときに限って食卓に上ることに気づいたからだ。

そもそも、長年すき焼きに頼ってきた家である。お祝いごとや元日の夜は決まってすき焼きで、母が奮発して買ってくる牛肉の包みはふだんより多少ふくらんでおり、それを見ると、条件反射で喉仏が上下に動いた。

私が娘を連れて実家に着くと、その夜はほぼ間違いなくすき焼きになるのだが、父や母にとって、娘たちが家を離れた歳月を埋める役目を託していたのがすき焼きだったのだといまさらながらに気づくとき、黒い鋳物鍋のなかでぐつぐつ煮える牛肉、ペン先のように尖ったざく切りの白ねぎ、隙間に置かれたしらたきなどが視覚に刺さってくる。父と母ふたりだけの食卓にすき焼きが上ることは、たぶんなかった。

箸のさきでちゃっちゃっとほぐした卵の黄色が、うつわの藍色にくっきりと映えた。煮えばなの牛肉を卵に浸すと、つるりとなめらかに藍色の肌の上を滑る。おかしな言いかただが、うつわの肌合いが牛肉をさっと手放す感覚が箸をつうじて伝わってきた。

そのうつわの話である。

深鉢と小鉢各五枚、大小合計十枚のうつわは、いま、ひとり暮らしの母が暮らすマンションの食器棚に収まっている。五年前、実家と土地を処分してたくさんのものを手放すことになったさい、引っ越しの数日前からうつわや台所道具に思い切りよく見切りをつけた。そして、その二年後に父が亡くなったあとも、母は身の回りのものを整理し、所帯を軽くしてきた。にもかかわらず、ずっと手元に残り続けてきたのがこの十枚だった。

実家から引っ越す前夜。

「お母さん、このうつわ、使うよね」

「処分するのはちょっともったいないねえ。でも、私には分厚くて重いから、実際のところあんまり使ってないいんよ。洋子さんか啓子さんが持っていって使ったらどう」

「うん。まあいずれあたしたちが引き継ぐとしても、このたびはうちに置いておこうよ」

「じゃあそうしようか」

このときとおなじ会話が、父が亡くなったあとも何度か繰り返されてきた。母も娘たちも、なぜかこのうつわに執着していた。

ひとり住まいの母を訪ねるとき、私が台所に立つと、しょっちゅうこのうつわを使う。使いたいのだ。

でも、いつ、どこで買ったなどという細かい背景について訊いたことがなかった。今年の夏、卵とトマトをふわっと炒めたおかずを盛りながら、何の気なしに訊ねてみた。

「お母さん、そういえばこれ、深鉢と小鉢が五枚ずつ揃っているけど、どこで買ったの」

「ああ」

母が、なつかしい顔になった。

「たしか、洋子さんが大学生になって東京に行ったあとだった。受験とか引っ越しとかぜんぶ終わったら、なんていうのか、ぽっかり穴があいたみたいなさみしい気持ちになってねえ。思いたって、友だちといっしょにお茶を習いに行くことにしたわけ。そのお稽古で知り合ったひとが、うちの息子が酒津焼の窯元でうつわを焼いているんです、いちど見にきませんかと誘ってくれて」

「へえ、そんなことがあったの」

驚いた。私が東京に行ったあと、母が茶道を習いに行ったことがあったなんて知らなかったし、酒津焼の窯元に足を運んだなど想像したこともなかった。

酒津は、小学校のとき、遠足で何度か行ったことがある。倉敷の北、大きな樋門がある水郷。とりわけ春、広大な酒津公園に咲き誇るいちめんの桜は有名で、市の内外から桜見物に訪れるお客が引きも切らない。

酒津といえば、桜。そして酒津焼。

「お茶を習ってるひとたちと待ち合わせて、酒津に出かけてね。そう、酒津はちょっと離れているから、車の運転ができるひとに乗せていってもらわないと行けなかった。窯元に着いてなかに入ると、その息子さんというひとが焼いたうつわがずらーっと並んでいて、たくさん見たなかで一番気に入ったのがこれだった。とくに理由なんかない、ひと目見て、ああ欲しいなと思った。値段ねえ。よく覚えてないけれど、たしか一枚二千円くらいだったかな。当時の値段だから安くはなかったし、でも、わざわざ酒津までできたのだからと思って、ずいぶん思い切って買ったよ」

母の記憶がゆっくりほぐれてゆく。

いっぽう、私は動揺していた。娘が実家を出て、母は習い事を始めた。家族の人数がひとり減ったのに、あたらしいうつわを買い求めた……いまなら、はっきりとわかる。お茶の稽古もうつわも、うしろも振り返らずにさっぱりと東京に行ってしまった娘の不在を埋める手段に違いなかった。

「へえそうだったの、これを酒津で」

いったん応じたものの言葉に詰まってしまい、トマトの卵炒めに箸を伸ばしたり、卵の黄色の向こうから現れた藍色を眺めてみたり、どうも落ち着かない。あの頃、十八の私はやっと実家を離れて糸が切れた凧になれ、母のさびしさを想像することも頑なに拒んでいた。

その翌日、私は倉敷市立中央図書館に出向いた。地元の図書館なら、倉敷の焼きものについて調べるには東京よりたくさんの資料が揃っていると思ったのだ。

美術の棚の本のタイトルを端からチェックしてゆく。大原美術館、倉敷ガラス、備前焼、倉敷民藝館……馴染みのある文字がたくさん並んでいるけれど、焼きもの、ことに酒津焼について詳細に書かれた書籍がすぐには見つからない。

そうこうするうち、大判のハードカバーの一冊が目に留まった。棚から引き出すと、表と裏のカバーすべて、渋い黄一色、無数の貫入(かんにゅう)が走る陶器の肌のクローズアップ。題字は黒、宙を切り裂くみごとな切れ味の筆蹟。

『倉敷のやきもの』(山陽新聞社 昭和五十二年刊)

目次を一行ずつ追いながら、自分が探していた本はまさにこれだと確信し、急いで本を小脇に抱えて閲覧机に移動した。

黄色い表紙を開いてさっそく、巻頭の寄稿文の署名が目に飛び込んできた。

「酒津・羽島の窯と人　外村吉之助」

背筋が伸びた。

その名前に接するとき、つねに特別な感情を抱く。外村吉之助(とのむらきちのすけ)は昭和二十三年に開館された倉敷民藝館の生みの親であり、長らく初代館長を務め、民藝運動の中心人物として身を粉にして働き、一身に敬愛を集めてきた人物である。倉敷という土地と民藝を考えるとき、その名前を抜きにするのは不可能だ。

その人物が、一冊の始まりに、しかも酒津焼そのものについて文を寄せている。母の口から飛びでた「酒津焼」と民藝の道すじが思いがけず直結し、倉敷の焼きものの歴史のなかに巻きこまれたような感覚が押し寄せてきた。

座り直し、読み始めた。

昭和五、六年ごろ、当時山口に住んでいた外村吉之助は、酒津焼の三つ重ねの丼を好もしく思い、買い求めた、と冒頭にある。ちょうど河井寛次郎、浜田庄司が酒津を訪れ、窯元の岡本氏に民藝の手ほどきをしていたときに焼かれたうつわへ注ぐ眼差しは深い。

「何れにしても、この三つ重ね丼は、一般に他の民窯には見られない温かさ、親しさがあり、日用にはきわめて気楽な道具なのだが、それは倉敷に移り住んで酒津焼の人々と付合うようになってから、その温和な山陽的な人柄によることがわかった。それに腕のたしかな職人がいたのである。

右の品の外、酒津ははじめから近郷の台所道具を無数に焼いた。今でも倉敷市内の古い家や近隣の農家に行くと、手水鉢やべにばち、塩壺などの古い物にも出会うことがある。それらはあたかも『用即美』の証明のように、健康で無駄がない形で、釉薬が豊かである。ことに、ロクロのたしかさは、後日、浜田氏がよく賞められたものである。それが昭和の戦争になってからは事情が悪くなり、ことにロクロの小河原虎吉さんが軍隊に取られたので打撃はひどかった」

「山陽的な人柄」という言葉にはっとさせられた。

静まり返った図書館の閲覧室で遭遇した「山陽的な人柄」の意味を探りながら、他者の眼をつかって自分自身を眺めるような気分になったのである。それに、こうして『倉敷のやきもの』という書物に寄せた外村吉之介の文章を読んではじめて、自分の実家の食器棚に四十年以上置かれ続けてきた酒津焼のうつわの実体にはじめて触れた気がしていた。

倉敷民藝館の初代館長、外村吉之介は明治三十一年、滋賀県生まれ。大正十四年に関西学院大学神学部を卒業し、静岡に居を移して牧師をしながら手織物の研究をはじめたのが、民藝運動に参画する第一歩だったようだ。昭和二十年には、終戦を迎えてもすぐに沖縄に戻ることの叶わなかった女子挺身隊の娘たちのために、倉敷紡績社長、大原總一郎の発案で織物の技術指導がおこなわれるのだが（このときのメンバーのひとりに、のちに人間国宝となる染織家、平良敏子がいる）、その指導者として白羽の矢が立てられ、倉敷に招聘されたのが外村吉之介だった。

ここで、民藝運動と倉敷との関わりについて触れておきたい。

民藝運動は、柳宗悦（むねよし）を筆頭に河井寛次郎、浜田庄司らがくわわった日本独自のムーヴメントで、大正十五年に発足した。無名の職人の手仕事から生まれた日用品に「用の美」を見出そうという運動は、しだいに全国に波及してゆく。倉敷では、折しも地元の実業家、大原孫三郎（まごさぶろう）がいぐさ製品や木工品、酒津焼など郷土の工芸の価値を認め、それらの育成に尽力しはじめた頃。そもそも孫三郎は茶道具や陶芸など美術の分野にふかい関心を寄せていたが、郷土の工芸への目配りが民藝運動の勃興と重なり合うところに先見の明を感じる。「わしの眼は十年先が見える」とは、孫三郎の口から発せられた有名な言葉だ。のちに昭和十一年、東京・駒場に誕生した日本民藝館は、民藝運動に共鳴した孫三郎の資金援助によって建築されている。

その息子の実業家、大原總一郎もまた美術にただならぬ関心を寄せた。ただし、總一郎の眼は現代美術に向けられた。總一郎の蒐集した現代絵画のラインナップをすこし繙（ひもと）くだけで、その審美眼にたじたじとなってしまう。昭和三十年代から四十年代初めにかけて購入した作品をいくつか挙げると、ジョアン・ミロ「夜のなかの女たち」、カンディンスキー「尖端」、ジャクソン・ポロック「ブルー――白鯨」「カット・アウト」、フォンタナ「空間概念」、サム・フランシス「メキシコ」、荒川修作「ダイヤグラム・オブ・ミーティング」……大原美術館の現代美術コレクションの柱をなす作品群である。

美術についてそれぞれに異なる嗜好をもちながら、大原父子は民藝運動につよく惹かれていった。運動を率いる柳宗悦との交流が深まるにつれ、浜田庄司、河井寛次郎、芹沢銈介らの知遇を得て、陶磁器や工芸品の蒐集に向けるエネルギーも加速してゆく。

倉敷という山陽地方の一土地と民藝運動との結びつきひとつとっても、あらためて大原家の功績の途方もなさを仰ぎ見る。と同時に、孫三郎と總一郎にとって民藝運動は、自分たちが生まれ育った土地を発掘する手がかりでもあっただろう。じっさい、いま「美観地区」と呼ばれて倉敷の顔となっている一帯の保存は、彼らなしにはありえなかった。

作家、城山三郎による孫三郎の評伝のなかにこんなくだりがある。

「戦後数年したある春の日、總一郎は倉敷川に臨むこぢんまりした旅館『かき増（現・旅館くらしき）』を突然訪れた。

あわてて出迎える女将（おかみ）の畠山繁子に、總一郎は焼杉の板塀（いたべい）を指して、

『ずいぶん傷（いた）んでるようだから、近所の誼（よしみ）で、こちらに直させてもらえないだろうか』

丁寧な申し出に、女将が返事もできないでいると、總一郎は庭の南京黄櫨（ナンキンはぜ）の木に目を移して、

『よい木だよ。大切にするようにね』

こうして外からも黄櫨の木がのぞいて見える美しい白壁の塀ができ上がった」

（『わしの眼は十年先が見える　大原孫三郎の生涯』城山三郎　新潮文庫）

たとえばこのようにして倉敷川沿いの商家や蔵屋敷の景観が守られ、次世代に引き継がれてゆくことになった。

あるいは、總一郎の評伝を著した文筆家の井上太郎はずばり指摘している。

「柳によって民芸の美に気づかされた大原父子は、目から鱗(うろこ)が落ちる思いだったろう。倉敷の白壁と土蔵のつらなる町並み、日常使われている民具そのものが、柳の指摘する美を持つ民芸だったからである。
大原父子の美の哲学が、民芸に於て一致しているのは、生まれながらの環境が反映しているからだ。これは借物ではない。血肉に根ざしたものなのである」

(『大原總一郎　へこたれない理想主義者』井上太郎　中公文庫)

總一郎は昭和四年、東京帝国大学経済学部に入学して東京に住み、二十代のとき父とともにヨーロッパ各地を視察し、のちに京都や軽井沢などにも別邸を構えてさまざまな文化に触れるのだが、「借物ではない」「血肉に根ざした」土地は、生まれ育った倉敷をおいてほかにはなかった。倉敷川。掘割。大原家の母屋。大原美術館。その隣、いまは喫茶店「エル・グレコ」となっている、かつて事務所として使われていた二階建ての建物。倉敷民藝館。中橋のたもとに佇む「旅館くらしき」。あちこちに立ち並ぶ商家や蔵屋敷、石畳の路地……ひとつひとつが、自分たちのルーツを指し示す先人からの遺産なのだった。いまはもうない私の実家の二階の窓から南方向に視線をやると、家並みの向こう、大原家の母屋の瓦の色彩がきらりと反射するのを見ることがあった。

倉敷民藝館が開館したのは昭和二十三年、東京・駒場の日本民藝館についで日本で二番目に誕生した民藝館である。白壁に貼り瓦、屋根は和瓦の本葺（ほんぶ）き、建物の骨組みは松材。倉敷特有の土蔵づくりで、二十センチにおよぶ分厚い土壁は風雨や火事、盗難、湿気から家財を守る堅牢なつくり。万全の機能をもつ建物そのものが民藝の精神を体現するものだ。

館長を務める外村吉之介にときどき外で行き遇った、と父から何度か聞いたことがある。

「あのへんを歩くと、外村先生を見かけたよ」

父は、外村吉之介を「先生」と呼ぶ。民藝館のすぐ近くには外村吉之介が住まう家屋もあった。

「外村先生は、民藝館のまわりとか、あのあたりの道端にごみが落ちとると、みずから進んで拾われとってじゃった。あのりっぱな先生が自分でごみを拾うとる。びっくりしたし、頭が垂れる思いがした」

四歳か五歳のある日、私は外村吉之介そのひとと向かい合ったことがある。

つややかな銀髪の、痩身のおじいさん。藍染めの上下の衣服を着ていた。上着の紐は、脇のところできゅっと固結びになっていた。幼児の自分が、なぜ紐の結び目をはっきりと覚えているのか、わからない。

父に連れられて小さな門をくぐり、石段を上がって民藝館のなかに入った。木の廊下は、うっかりすると滑って転びそう。ソックスをはいた足の裏がひんやりと冷たい。奥まった陳列室の一角に進むと、いぐさの円座がたくさん並んでおり、後方のあたりに父と隣り合わせて座った。

銀髪のおじいさんが現れ、数十人の聴衆に向かって喋りはじめる。子どもは私しかいない。

ときおり開催される民藝館主催の講座に、父は私をともなって参加した。一回の講座がどのくらいの時間だったのか、どんな話の内容だったのか、父がなぜ私を連れていったのか、父の口からじかに聞いてみたかったけれど、三年前からこの世にはいないので叶わない。いまわかっているのは、いぐさの円座に座って民藝館の陳列物をちらちら眺めるのが好きだったこと、威厳に満ちた痩せぎすのおじいさんが話す姿を見るのがなんとなくうれしかったことくらい。

場がざわざわしはじめた。おじいさんの話は終わったらしい。三々五々おとなたちが立ちはじめ、父も帰り支度をしかける。

いぐさの円座の上にちょこんと立っていると、ついさっきまで話していたおじいさんがこっちのほうへまっすぐ歩いてきた。銀色のさらさらとした髪。眼鏡のむこうのきらりと光る眼。藍色の作務衣の裾からでた素足。

目の前でおじいさんは止まった。すいと伸びた片手が頭のうえに静かに置かれ、私に言葉が向けられた。

「えらいねえ、だまってしずかに聞けて」

どぎまぎしながら見上げた五十数年前の姿を、くっきりと思いだすことができる。親しい古美術商にこの記憶について話したとき、「ほう。ヒラマツさんはそのとき洗礼を受けたんですね」と言われた。なんの洗礼だったのだろう。

家へ戻ると、父が勢いこんで母に報告した言葉も忘れてはいない。

「さっき、ようこが外村先生に褒めてもろたんぞ。だまってしずかに聞けてえらいなあと言うて。こっちに歩いてきて、わざわざ声を掛けて頭までなでてくださったから、もうびっくりしてしもうて。あの先生はめったに褒める方じゃないのに」

「まあ、そう。ようこさんが、へえ」

やたら舞い上がっている父を横目で見ながらくすぐったかったが、うれしくもあった。お父さんがあんなに喜んでいる。

私は、あの日の出来事や父と母のやりとりを五十数年経っても記憶から消せないけれど、父は果たして覚えていただろうか。たぶん父はひとりで何度も民藝館に通っていただろうし、私を連れていったのは風の吹き回しに過ぎなかっただろう。そもそも父が生まれ育った家は民藝館から歩いて五分ほどのところにあったが、民藝館そのものが設立されたのは昭和二十三年、その当時、父は神戸に住んでいた。年号を照らし合わせてみると、大学を卒業したあと二十代半ばになって倉敷に戻ってきて初めて、父は倉敷に誕生した民藝館の存在を知ったことになる。神戸に住んでいた頃、神戸在住の洋画家、小磯良平の家を訪ねていって自分が描いた絵を見てもらったことがあるらしい。応接間に通してもらい、絵を見せると「画家を志すのはよしておきなさい」とたしなめられたというくらいの美術好きだった（この話を、私は父から直接聞いていない。画家の孫娘、つまり私の娘に父が話したことを知り、その無鉄砲ぶりに唖然とした）から、自分の住む町にできた民藝館に若い父はさぞかし浮き立っただろう。

父が亡くなったいま、じかに訊いてみたかったこと、訊いておくべきことがたくさんあったと唇を噛むことがしばしばある。晩年、介護施設に暮らす父の部屋でとりとめのない話をあれほどたくさんしたのに、いま思えば本当に訊いておきたかったことはことごとくすっぽ抜けており、しかも訊きたかったことがあれこれ湧いてくるのだから、つくづく間抜けな娘だと思う。父が私淑した外村吉之介についても、ひと言でいいから何ごとかを聞いてみたかった。

だから、外村吉之介に親しく接したひとの血の通った文章に触れると体温が上がってしまう。

「夕食後は、先生のお話を聴くのが大変楽しみでした。思い出、社会批評、ユーモア、示唆に富んだ人生の話等々。誰に言うのでもなく『年取って働けなくなった人を人間の完成された姿という人がいるんだ』とか、『倉敷民藝館開館の時は柳先生が来られて泣いて喜んで下さった』、『僕の作った折紙は鋭角だと言うんだ』、『民藝館に箒が展示してあるのを見て、料金を取ってあんなものを見せると言った人がいるが日常使いのものこそ美しいものであって欲しい。あれは構造から来る美、鳥のようで素晴らしいよ』、『京遠し美は近しだね』とか忘れ難いお話には事欠きません」

(『民藝』六七〇号　特集・倉敷民藝館六〇年　平成二十年発行)

「遠い昔されど昨日のように」と題したこの追悼文を寄せたのは、上田睦子。昭和三十九年、染織家でもあった外村吉之介が自宅を開放して主宰する倉敷民藝館付属工藝研究所に入って機織りを学んだ女性である。六人の生徒が起居をともにしながら織物の実技や生活一般におよぶ生活技術を学ぶこの研究所のことを、外村吉之介は「世界一小さな学校」と呼んでいたとも書かれている。倉敷川のほとり、六人限定の「世界一小さな学校」は平成五年、四十回生まで続けられ、同年四月十五日、外村吉之介は民藝運動に捧げた九十四年の生涯を閉じる。

私が倉敷を出て東京に住むようになったのは昭和五十一年、大学に入学した年の春だった。渋谷の公園通りを歩いてPARCOの前に立つと、飛ぶ鳥を落とす勢いで広告界を席巻していた石岡瑛子のアートディレクションによる巨大なポスターに圧倒され、東京という都市の飛沫を浴びたが、いっぽう、民藝品を扱う店があちこちに点在することを知り、はっきりとはわからなかったが、惹かれた。古巣を訪ねる心地を味わっていたのだろうか。銀座「たくみ」、青山「べにや民芸店」、新宿「備後屋」、荻窪「いづみ工芸店」……目に飛び込んでくる民藝の品々から伝わってくるじんわりとした温もり。でも、なぜ自分が「たくみ」や「べにや」に寄りたくて銀座や青山に行きたくなるのか、その理由には気づかないままだった。

新宿・歌舞伎町の入り口「民芸茶房　レストランすゞや」にも惹かれた。新宿駅東口から歌舞伎町方面に向かう横断歩道に立つと、新宿通りをはさんで黒々と大きな文字「みんげい茶房　すずや」。どう見ても、それは棟方志功の版画の文字だった。すぐ背後の歌舞伎町と不釣り合いな店の名前や文字に吸い寄せられ、おそるおそる二階へ続く外階段を上がってみると、店内には黒光りを放つ松本民藝のテーブルや椅子。手渡されたメニューの表紙の版画や文字は、やっぱり棟方志功のそれ。

洋食や定食の並ぶ品書きのなか、ひときわ目を引く料理があった。

「名物　とんかつ茶づけ」

奇天烈な料理名に度肝を抜かれて腰が退けたが、好奇心に勝てず、思い切って注文してみた。お茶漬けのなかに浸っているとんかつを思い浮かべながら居心地の悪い気分で待っていると、お膳に並んでいるのは、炒めたキャベツにとんかつをのせた鋳物の皿、茶碗によそったごはん、急須、湯呑み茶碗。それぞれ別々に供されてきたから胸をなで下ろした記憶は、私にとって新宿というまちを彩るなつかしいひとコマだ。

「すずや」があるから、新宿には自分の居場所のひとつがあると思えた。益子焼のうつわやコーヒーカップ、急須や湯呑み、壁に掛かった織物、さまざまな民藝の品々に帰巣本能を刺激されていたのだろう。「すずや」の創業者、鈴木喜一郎・華子夫妻は日本の民藝品の蒐集家で、棟方志功との縁が出来たのは荻窪「いづみ工芸店」主人のつてだったというエピソードは、それから何十年も経って知ることになる。

すずやの「とんかつ茶づけ」は、それから何十年も食べたことがなかった。今日こそ試してみようと思っても実行におよぶ勇気がでず、いつも別々のままとんかつやキャベツを平らげ、食事のあとでお茶を飲んでいた。厨房の賄い料理から生まれたというこの名物料理は、いまも「すずや」の品書きに並んでいる。

締めくくりに、とんかつの話をしたい。

倉敷駅から美観地区へ向かう「えびす通商店街」の途中にある「かっぱ」には、誰もが惚れるとんかつがある。断っておくけれど、地元自慢とか郷愁とか名物詣でというのではまったくない。「かっぱ」のとんかつは、とにかく勢いが違う。バリッと揚がったきつね色の衣の下から顔をのぞかせるロース肉のほんのりピンク色、真珠のようにきれいな脂。おおぶりのとんかつのうえにとろーっとたっぷり、艶々のデミグラスソースの海。右手にナイフ、左手にフォークを握ったまま、せん切りキャベツの小山を従えた威風堂々の光景にひとしきり見入ってしまう。ほかのどこにもないキレッキレの倉敷の味。お客は引きも切らず、昼も夕方も暖簾がおもてに掛かるのを何人も待ちわびている。

とんかつを揚げる一部始終が見えるから、私はいつもカウンターの席に座る。揚げるのは、店主の田辺敬子さん。お客の顔を見てから肉を出し、衣をはたいて年季の入った大鍋で揚げ、少し休ませてからまな板にのせ、庖丁でざく、ざく、ざく、すかさず皿に盛ってデミグラスソースをかけるようすを見ながら、あれが自分のとんかつ、いや次かな、一喜一憂しながら高揚してゆく。スタッフは敬子さん以下、全員女性。てきぱき動いてすこぶる気持ちがいい。

「かっぱ」は昭和三十六年、敬子さんの祖母、治子さんがおなじ場所で開いた。

地元の銘酒「正義桜」と手作りのおばんざいでチョイと一杯飲れる店。

「おばあは竹を割ったような性格で、私が小さいころ、よく買い出しにもついていきました。お洒落でかっこいいひとでした」

とんかつは当時から名物料理だったというから、料理の腕前も、商いの才覚も、治子さんはずば抜けていた。息子の彰男さん、つまり敬子さんの父が二代目を引き継いで店を預かったが、二〇〇二年急逝。当時大阪で洋食の修業をしていた二十代の敬子さんが急遽倉敷に戻り、三代目を引き継ぐことになった。

「かっぱ」に洋食の味をもたらしたのは、治子さんの父、敬子さんにとっては曽祖父。代々おいしいもの好きの家族の味覚が「かっぱ」の味をつくってきた。

田辺家に引き継がれてきた味覚を大きな花に育てたのは、孫娘の敬子さんである。

「店を引き継いだころは必死でした。私のとんかつを食べた常連のお客さんが『これじゃない』と席を立って帰ってしまったことがあります。店を飛び出してお客さんに追いすがって『なにが違うんですか、どう直したらいいですか』、必死で訊きました。自分はこんなとんかつがつくりたいというイメージはずっと変わりませんが、おととしより去年、去年より今年、確実においしくなっていると思います」

日々の仕事は緻密だ。豚肉は群馬のクイーンポーク。胡椒は黒と白を合わせる。揚げ油は、ラードとしらしめ油を毎朝合わせて使う。パン粉は、生と粗めのドライのブレンド。デミグラスソースは注ぎ足しながら毎日つくり、ハンバーグを焼いたときのグレービーソースも加えて煮込むからうまみが濃縮されているけれど、意外なほどさらりとしている。バリッと揚げたトゲトゲの衣はビールの肴にも最高だ。

看板は、ご飯と味噌汁のついた名代とんてい、千四百円。ヒレかつは四切れから二切れまで選べるように揃え、ポークステーキ、ビーフステーキ、ビーフかつ、エビフライ、クリームコロッケ、チキンかつ、若鶏バター焼などの洋食メニューも、それぞれにファンが多い。私の父も母も妹も、もちろん何度も暖簾をくぐってきた。

なぜ「かっぱ」のとんかつがあまたのお客を魅了し続けるのか、このかたずっと考えてきた。東京あたりで流行っている肉の中心がレアのピンク色だったり、丸々として厚かったり、時間をかけてゆっくり揚げる白い衣だったり、とくに主張のつよい顔をしているとんかつではない。デミグラスソースにしても、一筆書きのようにさらりとして重さも嫌みもない。質実剛健、胃袋を満たすひと皿のとんかつはがつんと力強く、それでいて楚々としている。

あるとき感得がやってきた。

「かっぱ」のとんかつは民藝そのものなのだ、と。

一年中、半袖のTシャツ姿で、長い菜箸を握ってとんかつを揚げる敬子さんは、いま自分が揚げている一枚はどの席のどのお客さんの前に運ばれるのか、ほぼ頭に入っているという。敬子さんのとんかつもまた手仕事のたまものだ。

外村吉之介が遺した一文を思い出す。

「用のための物を作る人は名もない工人たちであるから、自分の趣味や主張に溺れず、日常の生活に役立つように材料や手法を吟味して誠実な仕事をするほかはない。そこには美は求められていないのに、吟味された材料や多く作るための腕前の確かさや親切な手法がおのずから招く構造の美しさとともに、謙遜な働き手としての健康で無駄のない美しさが宿るのである。民藝館の選ぶものは、民衆の用のために民衆の間で作られる純粋な民芸品ばかりである」

（『民藝品とは何ですか　民藝館の仕事』財団法人倉敷民藝館　平成十年刊行）

とても庶民的な店内だ。テーブルに置かれている割り箸入れの陶器のジャグ、季節の野の花を挿すガラスのピッチャー、ビールのおつまみのちくわ三切れをのせた豆皿。さりげなくそこにあるものは、気がついてみればすべて民藝の品である。屋号「かっぱ」の揮毫(きごう)は、かつて治子さんが習字を習っていた仮名書家、高木聖鶴(たかぎせいかく)による。

敬子さんは、今日もとんかつを揚げる大鍋に向かい、黙々ととんかつを一枚ずつ揚げている。

祖父の水筒

明治生まれの祖父が洋服を着ているのを見たことがなかった。

祖父はいつも袈裟(けさ)がけの法衣に身を包んでいる。母の父、義賢は天台宗の僧侶だった。

春と夏、祖父が住職をつとめる寺、つまり母の実家に数日泊まりに行くのを十歳ごろまでならいにしていた。それ以外にも、お盆や正月、法事には長女の母以下四人きょうだいの叔父や叔母が大阪や神戸から家族を連れて集ったので、静かな寺に不釣り合いなほどにぎやかになる。六十代で妻を亡くした祖父を慮(おもんぱか)って家族がさかんに集まっていたのだと、いま思う。

たいてい裏山門から入った。急な石段を三十いくつ、息を切らしながら登って小さな裏山門をくぐると、左に本堂、右に鐘(かね)撞(つ)き堂、正面に瓦屋根の母屋。

本堂と母屋のあいだを屋根のついた橋状の渡り廊下がつないでおり、その下にある小さな池には数匹の鯉が棲んでいる。手すりから乗りだし、池に向かってぱんぱんと手を叩き鳴らすと、どこからともなくでっぷりと肥えた錦鯉が浮上してくるのもおもしろかった（五歳くらいのとき、身を乗りだし過ぎてくるっと一回転して池に転げ落ち、急にすがたが見えなくなった、すわ神隠しだと大騒ぎになったことがある）。

祖父の仕事や暮らしは、ふつうの家とはずいぶん違うんだなと思っていた。訪れるひとを檀家さん、着物を法衣と呼ぶことはもちろん知らなかったし、袈裟の色がそのときどきで違うこともちょっと不思議だった。マントのような純白の大きな布を肩に掛けて身支度をするときは、法衣の裾からのぞく足袋の白までまぶしく、急に近寄りがたいひとになった。

母屋の玄関の空気もぴりりとしていた。母に連れられて敷居をまたぐと、横幅の長い上がり框（がまち）の向こうに十畳ほどの広間があり、かたわらに大きな屏風が立て回してある。そこに貼られた墨文字の筆蹟の和紙を、母は「ぼくどうさんのおてがみ」だと言っていた。「ぼくどうさん」が犬養木堂、つまり犬養毅の号であることは何十年も経ってから気づいた。犬養家は代々、岡山の庭瀬藩の庄屋をつとめ、生家は現在「犬養木堂記念館」として岡山市北区川入(かわいり)、つまり寺とおなじ川入に保存されている。祖父の寺は犬養家の檀那寺で、折に触れ、犬養家からさまざまな支援を受けて交流が深かった。

靴を脱いで上がり、広間の奥のふすまを左右に開け、閉め、またつぎの部屋のふすまを開け、閉め、ずんずん進んでゆく。ふだんは使われない、座布団だけがかたすみに積まれてしんと静まり返った部屋の連なり。畳の目を足裏に感じながら傍若無人に突っ切っていると、ひとり占めの快感がせり上がってきた。行き止まりの部屋の右側のふすまを開けると、いったん三畳間をはさんで家族の居間があらわれ、がらりと空気の色が変わる。夏はすだれ、冬はこたつ。奥の奥まで到達してようやく、自分のうちと似通ったなごみに出会った。

こたつに足を入れて遊んでいると、祖父が帰ってくる。

第一声はいつも変わらない。

「おうおう、ようこか。よう来たよう来た」

妹といっしょのときは「おうおう、ようこか、けいこか」、律儀にふたりの名前を並べて呼ぶ。そのあと、「おやつとお茶はもらったか」と訊く。

そうこうするうち声が掛かる。

「本堂にいっておつとめをするからいっしょにいかんか」

まだ小学校に上がる前なのに、「はーい」と返事をしてあとをついてゆくのは、従順な孫だったからではない。おじいちゃんが好き、読経の声を聴くのがおもしろい、本堂に座るのが楽しい。私が暗くてひんやりとした本堂についてゆくのを嫌がらないことを、周囲のおとなが「あの子はどうも変わっとるなあ」と言うのを聞いたことがある。

渡り廊下のどんつきの、本堂の重い引き戸を開けると、奥まったところにご本尊の阿弥陀如来像。その前に設えられた祭壇の前に祖父が座り、右側に木魚、左側に鉦(かね)。そのうしろに座布団をもらってぺたんと座ると、なにかがすっと収まるのだった。さすがに正座はできない。

長い読経が耳に心地いい。

間断なく木魚を叩く音。

ぽく、ぽく、ぽく、ぽく。

鉦も鳴らす。

カァーン、ゴォーン。

こうして書いていると、祖父の読経の声が耳に流れこんでくるかのようだ。

天台宗の僧侶の声が太く、よく響くのは、修行における日々の声明(しょうみょう)で鍛え上げたたまものだという。背後から眺める祖父の頭も、まざまざと甦ってくる。明治の男たちに共通の、広々とした額、後方にせり出た後頭部。読経を聞きながら、祖父の頭蓋の形も見飽きなかった。

「おじいちゃんはひえいざんできびしいしゅぎょうをしたお坊さんだから」

寺へ来るたび、母が折りに触れて耳もとで言うのは、「粗相をするな、おとなしくしていろ」という意味だということはなんとなくわかった。

小学五年の夏、家族で京都に旅行したとき、滋賀の比叡山まで足を延ばしたことがある。母にとっても、はじめての比叡山だったのではないだろうか。

「比叡山は山全体が緊張しきっているように見える」と書いたのは作家、立松和平だったが、延暦寺根本中堂にいたる長い参道に霧が立ちこめ、わずか二メートル先も白い。おたがいを見失わないよう妹と手をつなぎ、身をこわばらせてそろそろと進みながら、それなりに霊峰比叡の端緒を感じていたように思う。

私自身も、四十を過ぎてからこれまで何度か比叡山を訪ねている。いずれも仕事がらみの旅だったが、陰翳の濃い杉木立のなかを歩いたり石段を上り下りするとき、千数百年のあいだ途方もない数の行者が嶺道をひたすら歩き、拝んで修行を重ねてきたと思うと身が引き締まった。行者のなかには、若い修行僧の姿をした祖父がいただろう。

数年前、母が手文庫にしまっている一枚の古い紙を見せてもらう機会があった。天台宗の僧侶の名鑑からコピーしたらしい一ページは、祖父の写真と氏名からはじまっている。

片岡義賢
【宗派】
天台宗
【生年・月日】
明治四二年二月二一日
【役職】
東林山明仙童寺真如院住職
【宗歴】
昭和六年比叡山専修院附属叡山学院卒。
昭和一〇年真如院住職拝命。

昭和四〇年岡山教区会議員連続三期八年。
昭和五二年岡山教区宗務副所長。
昭和五四年大僧正。
昭和六〇年岡山教区選挙管理委員会委員長、現在に至。

時間の流れに沿いながら一字一字を腹に収めるようにして読んでゆくと、ひとりの僧侶の足跡がゆっくりと浮かび上がってくる。叡山学院（比叡山に行ったとき、何度か入り口の前を通ったことがある）を卒業したのは二十二歳、住職を拝命したのは弱冠二十六歳だった……足跡をたどり直すことは、もうこの世にいないひととの関係を結び直すことだとあらためて知る。
社会歴の項の三行に、目が釘づけになった。

【社会歴】
昭和一九年教育召集、中部四八部隊人見隊。
昭和一九年臨時召集北支派遣鷺三九一一部隊河原隊。
昭和二二年復員、博多港。

三十五歳の住職に赤紙がやってきたのである。

三年間の従軍ののち、博多港を経由してフィリピンから帰還。あとに残された家族五人、お父さんが生きているのかどうかもわからない三年間はほんとうにつらかった、と母からよく聞いていた。

その日の記憶を語る母はいつも切羽詰まった声になる。

「戦地からもどってきた歩兵隊が今日あのへんを通るらしい、と檀家さんから連絡があって、私と郁ちゃんを連れてお母さんが市内に向かったわけ。道の脇に立って、大勢のひとといっしょに歩兵隊が通るのを、いまかいまかと待っていると、ざっざっざっと音が聞こえて兵隊さんの隊列がやってきた。お母さんが、お父さんを見つけようと必死の形相で首を伸ばしている。まだいない、まだ通らない、『あっ』とお母さんの声がしたと思ったらものすごい勢いで走り出すから、手を握っていた私と郁ちゃんも引きずられながら一生懸命走った。隊列のなかにお父さんを見つけると、お母さんは、行進しているお父さんの肩から水筒をひったくって、その横をいっしょに走りながら中身をざーっと路上に捨てて、持って来たお酒を、こう、水筒のなかに注ぎ入れてまた肩に掛けて渡したんよ。あのときのお母さんの顔が忘れられない」

清めの酒、祝いのしるしだったのだろう。

四人の子どもたちに、家に帰って言ったそうだ。

「お父さんが無事に生きて帰ってきてくれた。ご本尊さまのおかげ」

祖父の来歴を記した古いコピーの日付をあらためて眺める。


【生年・月日】

　明治四十二年二月二十一日

四十九年後、祖父が生まれたおなじ日に、私は生まれた。

場所

倉敷の母を訪ねて四日間ほど過ごし、東京に戻る日の午後のこと。

以前から足を向けたいと思ってきた場所に今日行こう、と思い立つ。倉敷から車に乗るとどのくらい時間がかかるのか、と母に訊いたとき、「たぶん三十分くらい」と返事が返ってきた。まだ午後二時過ぎ、夕方の新幹線に乗ればいいのだから、駅前からタクシーに乗って往復する時間の余裕はある。三十数年ぶりなのだから、住所を頼りにタクシーで直行しなければ道に迷う……などと考えた。

やっとあの場所に立てると思うと、気が急(せ)いた。

東林山明仙童寺真如院。

天台宗の寺で、室町初期に最も隆盛した吉備津宮五摂社のひとつ新宮社の別当寺だった。そののち吉備津宮の寺のいくつかが廃寺となり、真如院だけが存続して現在にいたる。本尊の阿弥陀如来像は高さ六十五センチの檜の寄せ木造りで、一二四八年（宝治二年）仏師広慶によって造られた鎌倉中期の作。昭和三十四年、岡山県の重要文化財に指定されている。

現在の住所は岡山市北区川入だが、昔ながらの土地名は庭瀬という。子どものころずっと、真如院つまり祖父の寺のことを「庭瀬」と呼んでいた。「お彼岸はみんなで庭瀬に行く」とか「夏休みは庭瀬に遊びに行きたい」などというふうに。考えてみれば正式な寺の名前を口にしたことは一度もなく、だからいまでも真如院という名前に距離を感じてしまう。「にわせ」という三文字の鄙（ひな）びた響きを母が手放さなかったのは、この寺で生まれ育った思慕の情だったと、いまになって気づく。

真如院は、私の祖父片岡義賢が第三十八世を務めた寺である。明治四十二年生まれの祖父は比叡山で修行して得度したのち、昭和十年、真如院住職を拝命。母は、祖父と祖母照子のあいだに四人きょうだいの長女として昭和九年に生まれた。私は、母が里帰りをするたびに庭瀬に連れていってもらうのがとても好きだった。靴を脱いで庫裏に上がると、奥から出てきた祖父が決まって掛けてくれる「おうおう、よう来たよう来た」の甘い声を聞くのは、初孫が独占する特権だった。

倉敷駅北口のタクシー乗り場でしばらく待っていると、一台がやって来た。座席に入って住所を告げると、「はい、ちょっとお待ちください」と運転手がナビを操作する。

「どのくらいかかりそうですか」

「道が混んでいなければ二十分か三十分で着くと思います」

はい、ではよろしくと応えて一路庭瀬を目指すことになったのだが、そういえば私がひとりだけで庭瀬に向かったことは一度もない。

今日行かなくては、と背中を押されたのには理由があった。

前夜、母が「それはそうと」と一通の封筒を取り出してきた。

「古いものを整理していたら、こんな手紙が出てきたんよ」

茶色の薄い封筒を受け取ると、表に墨文字で一行、大きく「平松正登様」とある。裏を返すと「岡山市川入一二九八　真如院」の判子。

私の父に、祖父が宛てた手紙のようだ。

「大きな紙封筒のなかにまとめた書類に混ざって、この手紙と写真が入ってたのを偶然見つけてね。たぶんお父さんは写真だけ取り出して見て、この封筒に気がつかなかったんだと思う。よく見てごらん。手紙を広げた形跡がないでしょう、私が見つけたとき、便箋がぴったりきれいにくっついていて読んだあとがなかった」

同封されていたというカラーのプリント写真を見ると、外枠に但し書きが印刷されている。

「真如院客殿・庫裏新築記念　昭和63・10・13」

子どものころ何度も遊びに行った庫裏がすっかり新しくなっているので、すこし混乱する。昭和六十三年に撮られた記念写真なのだから、当時私は三十歳。この新築の庫裏をじっさいに見たことがあるような、ないような。曖昧な記憶の継ぎ目を探りながら、封筒に指を伸ばした。

とても薄い和紙の便箋が一枚現れた。母が言う通り、ぺたんと折り畳まれた便箋を開くと、罫線のない薄茶色の和紙の便箋に墨痕のはっきりした文字がしたためられている。

ところどころ角張った、すこし癖のある祖父の字。

当山客殿庫裏落慶記念を済ませて旬日となり　今日は照子の祥月命日　広
い洋間で木の香り漂ううちにポツンとしています
信徒皆さんによろこんで貰い寺史の一頁をつくり感無量です
四ケ年かかっての大事業いろいろと思い出をつくり
今日あること不思議です
貴殿には多忙な毎日　少し余暇をつくって新築の客殿でおさけをのみまし
ょう
当日の記念の写真送ります
皆様にお伝え下さい

十月二八日
義賢　敬白

平松正登様

三度ほど文言を噛みしだくように読み、これはおじいちゃんの……と居間で
お茶を飲んでいる母に訊く。

「ほっとして書いたんじゃろうねえ。信徒さんの寄付を受けてあの庫裏を新築するのは大仕事だったろうし、お母さんの命日が十月二十八日。写真を送るついでに自分の気持ちをそのまま書きたかったんよね。この手紙が出てきて読んだとき、そう思ったよ」

「今日は照子の祥月命日　広い洋間で木の香り漂ううちにポツンとしています」の一文から、その日の祖父の心情が伝わってきて染みる。

祖父の伴侶、つまり私の母方の祖母、照子は五十一歳で急逝した。そのとき私は二歳。祖母の顔を覚えているのは、ミルキーの赤い箱を「ようこちゃん」と呼びかけながら高くかざしている場面によってである。三十年近く前に世を去った妻を偲びながら新築の庫裏の木の匂いを嗅いでいる、と書く祖父の姿がなまなましく立ち上がり、強烈ななつかしさを堰き止められない。四人の子どもたちには寺を継ぐ者がいなかったから、真如院は次世に引き継がれるとき片岡家から離れ、いまは寺との関わりはない。でも、私にとっては、幼いころ母に連れられて遊ぶ大切な居場所だった。

便箋を畳んで封筒にもどしながら、長い石段を上ったところにある鐘撞き堂や山門を自分の目で見たい気持ちが昂じた。

「そろそろだと思うんですが……。この道をまっすぐ行ったあたりにあるとナビには出とるんです」

タクシーの運転手の声にはっとして、首を伸ばして前方を見る。細い道の左右に田んぼや畑の風景が広がっており、その向こうにのどかな吉備の山並みが続く。時計の針が逆にまわり始めるような、ひっそり閑とした、しかしうっすらと明るさも漂う。吉備一帯は古代吉備王国時代の中心地と考えられており、備中国分寺、作山（つくりやま）古墳やこうもり塚古墳などの古墳群、城跡、桃太郎伝説にまつわる吉備津神社など、あちこちにある史跡は吉備の観光スポットにもなっている。いつか私も自転車で吉備路を散策してみたいと思いながら、まだ叶っていない。

つい三年前、岡山市北西部に広がる吉備路を父と母と妹と私の四人が妹の運転する車で走ったのは忘れられない思い出だ。介護施設で暮らす父と家に籠もりがちな母を誘いだし、妹と私が倉敷に滞在する日程を合わせたうえで、何十年ぶりかの家族水入らずのドライブを計画した。そのとき訪ねたのは備中国分寺の五重塔だったが、車椅子の父は足もとがおぼつかないので、少し離れたところからみんなで五重塔を眺め、四人揃って写真を撮った。さわやかな秋風の吹く日で、父は驚くほど饒舌になり、まるで実況中継を任されたかのように車窓の風景について喋り続け、どこか遠いところを見はるかす視線の奥のほうで、雑多な記憶の扉がどんどん開いてゆくようだった。

年が明けて一月、父が亡くなったのは吉備路のドライブから四か月後である。あのときは吉備五重塔まで走ったけれど、そうだ、最後に真如院に連れてきてあげることもできたんだなと唇を嚙んだりもするのだが、もう叶わない。

「お客さん、あれですかね」

運転席から訊かれて車窓に目を遣ると、ほど近い山裾に見覚えのある風景が現れていた。右前方、山裾に細長い素朴な石段が見えている。間違いない。何気なく時計に視線を遣ると、きっかり三十分が過ぎていた。

「はい、そうです。あのう、ここからは見えないんですが、べつに山門があって、車はその脇に着けるようになっていると思います。私は石段を登って上がりたいので、とりあえず石段の下あたりまで行ってもらえますか。いったんそこで降ります」

「わかりました。じゃあ、石段のところから車をUターンして、山門のところに着けてお待ちしましょうか」

「はい、お願いします。用事はすぐすみます。そんなに時間はかかりません。たぶん十五分、かかっても二十分くらい」

「どうぞ、わかりました」

気のいい初老の運転手がなんの詮索もしないのがありがたかった。

山肌を左右に分けて続く幅一メートル半ほどの細い石段の下に立つと、想像していたよりずいぶん狭い。わりに角度のある急な四十数段をあっというまに登りながら、いやこんな簡単じゃなかった、母に手を引かれて登り切るのはとても大変だったのにな、と思う。

最上段に立ち、ひと呼吸置いてから敷居をまたぎ、寺の敷地内に入った。

右手に鐘撞き堂、左手に本堂、正面に庫裏。

人気のない、しんと静まり返った境内を歩きながら、記憶のなかの配置はそのままだけれど、なにかが決定的に違う気がする。驚いたのは、本堂や庫裏の後方に広がる竹林が「真如院回峰道」として造営されていたことだ。掲示された案内図の説明文を読むと、天台宗総本山比叡山延暦寺では「千日回峰行」が続けられていること、その縁にあやかって真如院で小さな回峰道を造ったこと、仏法の教えがそのまま回峰道の名前になっていることなどが書かれている。子

ども の頃は、ざわざわと風に鳴る竹林の鬱蒼とした繁みがやみくもに怖ろしかったものだが、しかし今日、六根清浄へ導く回峰道となって現れたので、すこし面食らう。手持ちの時間がもっとあれば、回峰道の入り口だけでも足を踏み入れて竹林を見上げてみたかったけれど、今日夕方までには東京へ戻る新幹線に乗らなければならず、そうもいかない。

境内をぐるりと低い瓦塀が取り囲んでいる。その手前に立ち、石段四十数段分の小高い境内から吉備の眺めを見晴るかすと、母の言葉が思いだされた。

「空襲のたびに閃光がぱあっと広がって、そりゃあこわかったよ。岡山の街が怖ろしいほどまっ赤になって」

祖父が出征してフィリピンの戦地に赴いていたとき、留守を守る祖母と四人のきょうだいが昭和二十年六月二十九日の岡山大空襲を震えながら見たのは、たぶんおなじこの場所だ。すぐ右手に植わっている古木に、ぽってりとした重みのある真紅の花が一輪、二輪、咲き残っている。ツバキの古木だろうか。この木に登って出畑の風景や山並みを眺めるのが、小学生の夏休みのひそかな楽しみだった。うっかりすると滑りそうなくらい幹がつるつるしていたからサルスベリだと思い込んでいたけれど、いま見ると、その真紅の花はどう見てもツバキの一種なのだ。

　心が乱れるまま寺の周囲を歩き回っていたら、あっというまに十五分が過ぎた。山門のほうを見遣ると、さっきのタクシーが止まっている。今日のところはこれまで。いつか本堂に上げてもらって手を合わせたいし、竹林の回峰道も歩いてみたいけれど、そろそろ切り上げどきだ。

　停車しているタクシーに向かって歩きながら、気づいた。そういえば、さっき裏の石段から入って、帰るときは正面入り口の山門から出ることになった。出入りが逆になってしまったんだな。

　苦笑いしながら、山門の入り口に掲げられた大きな木額を見上げた。

　　明仙童寺　当山第三十八世　義賢謹書
　母に見せてもらった手紙とおなじ少し右肩上がりの、あの角張った祖父の字だった。

付記

祖父が私の父に宛てた手紙といっしょに母から預かった、手製の冊子がある。祖父が写し書きした全三百十二句、亡妻の俳句をまとめた一冊だ。

ホッチキスで端を綴じた一ページめの冒頭、やはり祖父の字でこう書かれている。

「昭和六十年十月二十八日　二十五周年に当り故人俳遺稿を吾子等と誦読し在りし日々を偲んで供養に資す。」

亡妻の供養として祖父が編んだ俳句集があることを、私は今日までついぞ知らなかった。左右半分に折ったコクヨの原稿用紙を上下段に分け、一行に二句ずつ。十一ページにわたってひたすら連綿と続く手書きの三百十二句。一句ずつ読みながら、思った。

これは、祖父にとっての写経だったのではないか。

そのなかから、祖母照子が生前に詠んだ二十一句をここに書き写してみたい。はるかな歳月の向こう側から、吉備の古寺に嫁いだ明治生まれの女性の暮らしと心情がゆっくりと立ち上がってくる心地がする。

独楽の子の左ききにてよみまはす

夫留守の襖にきくや春の雨

客の唄ひて帰る月朧

さへずりしあと静かなり山の寺

あほむけば秋天遠く亡母(ハハ)浮ぶ

雲なきを願ひて一人籾を干し

月明りウドンを洗ふ日短か

みの虫や地につくまでは続く糸

いとし子の着物にほしや色紅葉
アイロンの残る温みに秋の蠅
義指乞ふ傷痍の人に寒の雨
もえる程黒くなりけり藁焚火
庫裏ひたと閉して応へ冬ごもり
元旦や鼻眼鏡し碁打かな
混むバスに誰か破魔矢の鈴ならし
雪合戦勝負つかず春の庭

三日たてど尚色濃き落ち椿

月代に吉備の山々皆まろく

牛つかうことにも慣れて日焼して

おほひなる見えぬ力に引かれ行く

山門に月朧なり杉立ちて

父のビスコ

一月二十三日深夜、仕事場で机に向かっていると携帯電話が鳴った。

こんな遅い時間に誰だろうと訝しみながら書棚の脇に置いてある時計の針を確かめると、午後十一時十五分過ぎだった。

「ご長女の洋子さんですか。倉敷のK病院の××です。さきほど十一時十一分、お父様がお亡くなりになりました」

身内の方にできるだけ早く病院へ来てもらって下さいと言われ、すぐ妹に連絡した。いったん東京に戻っていた私と入れ替わりに妹が実家に滞在しており、昼間は父の入院先に詰めていた。

いま聞いた言葉をそのまま妹に伝えると、電話の向こうで一瞬息を飲む気配のあと、「わかった、これから急いで支度をしてお母さんといっしょに病院に向かいます」。あなた喪服は持ってきているの、もし用意していなかったら明日私が向かうとき持っていこうかと訊きかけたが、いやそんな話をしている場合じゃないだろう。お母さんをよろしくね、と言って早々に電話を切った。

携帯電話を置くと、音や色がすうっと消えた感覚があり、夜の底に置き去りにされた。でも、なぜか悲しい感情はやってこない。

お父さんが死んだ。

机の前にじっと座ったまま、おなじ言葉がぐるぐる回るばかりだった。

目の前のコンピュータの四角い画面が白く光っている。左はじの下方に「24」。一ページ八百字の設定にしてあるので、いま書いているのは四十八枚め。一週間後の月刊誌の締め切りの、たぶん原稿用紙六十五枚くらいになる原稿の四十八枚までようよう漕ぎ着けていた。つい一週間前まで、容態が不安定になった父に付き添っていたが、妹と交代して東京へ戻ってきたのは、ちょうど迫っているこの締め切りとべつの十枚の締め切りを仕上げるためだったのだから、一枚でも多く先へ進まなければかえって父に申し訳ない気がした。

お父さん、明日すぐ会いに行くからこのまま朝まで仕事するね。こういうの、火事場の馬鹿力っていうのかな。いやちょっと違うか。ほら、よく親の死に目に立ち過えなかったっていう言い方をするじゃない。あたし結局お父さんの死に目に立ち過えなかったし、さっき「亡くなりました」って聞いているのにね、スポーツ選手がなにを食べて身体を作っているかとか立ち食いそばの話とか、こうやって切羽詰まって書いてる。

書きながら、そんなふうに父にしきりに話しかけていた。「十一時十一分にお亡くなりになりました」という看護師さんの声は耳の奥に貼りついているし、それを妹に電話でちゃんと伝えた。それでも、私のなかで父は生きていた。

十一日前、一月十二日に会った九十二歳の父は、病院に担ぎ込まれたのに元気そうだった。その前日の午後、父が暮らしている介護施設のS看護師から「少し吐血があったので、検査だけのつもりで病院にお連れしたら、そのまま入院ということになってしまいまして」と動転したようすで連絡があったので、わかりました、すぐ行きますと返事をして、翌朝の新幹線に乗った。

病室に入ってカーテンをそろりと開けると、所在なさそうにベッドに横になった父がこちらに顔を向け、パジャマの袖から細い腕をにゅっと突き出して手を上げる。

「おお来てくれたんか」

「昨日、看護師のSさんから電話があったの。様子も気になるし、入院の手続きとか用意するものとかいろいろあるし、主治医の先生とも話したいし。あたし、お母さんの代わり」

「そうか、すまんな。忙しいのになあ。いやじつは、のど飴をしゃぶってるとき急に咳き込んだから手にぽろっと出したんよ、そうしたら飴がまっ赤。もうびっくりしてなあ」

「大丈夫よ、お父さん、もう大丈夫だよ」

ひとりで不安を抱え込んでいたのだろう、「まっ赤」と言ったとたん、急に涙声になった。昨日、S看護師から電話を受けたとき「じつは、血痰がときどき出ていることをしばらく隠していらっしゃったようなんです」と聞いていた。

すぐ気を取り直した父は、訥々と喋りだした。

「部屋のベッドの枕もとに本が三冊ある。あれを取ってきてくれんか。行ったらすぐわかる、こう三冊重ねて置いてあるから。えーとそれから、お母さんが持ってきてくれた人参ジュース、あれは日持ちするから、ここを出て帰ったら飲む。牛乳は開けて四日めだから、処分しないと具合がわるい。バナナの残りはたしか二本、みかんは五つある、さてあれをどうするか」

問合いをゆっくりとりながら、ひとつずつ碁石を置くようにして話す。うん、うんと相づちを打ちながら、いま父の頭のなかを占めているのは本と食べ物であることを知った。

四年前、父が自宅で倒れてＩＣＵで治療を続け、三か月半の入院生活ののち介護施設で暮らすことになったときから、倉敷に行くと、母が暮らす実家、父が暮らす介護施設の部屋、ふたつの場所を玉突きの球のように忙しく往復するようになった。父を訪ねるとき、かならず持参したのも本と食べ物だった。

そのときどきに読みたい本を、電話で訊ねて私が買い求めて渡すのが習慣になっていた。保存してある新聞広告や書評欄の切り抜き、あるいは自分のメモを読み上げるので、それを書き留める。部屋に行くと、次はこれを買ってきて欲しいと書名を写したメモを手渡されるときもあった。

鉛筆書きの小さな紙片が、いまも手もとに残っている。

〈―中公新書―

776　室町時代（脇田晴子）

978　室町の王権（今谷明）

2080　江の生涯〈福田千鶴〉

白内障の手術をしてから本が読みやすくなった、本さえあればこんな幸せなことはないというのが口癖だったけれど、いっぽう、そんなふうに本を読むことで自足するところに母が長年の寂しさや屈託を抱えていることに、父はどれだけ気づいていたのだろう。

婉曲に言ってみたことがある。

「お父さん、新書は字が小さくて詰まってるし、ずっと読んでたら疲れるんじゃないの。お母さんも心配してるよ」

すると、父は言下に強い口調で返してきた。

「知りたいことがまだたくさんある。だから死ぬわけにはいかん」

ぐうの音も出なかった。と同時に動揺した。生と死を巡って父の頭のなかにこんな言葉があるなど想像したこともなかった。

父に頼まれた通り、ひとまず病院からほど近い介護施設の部屋に行って冷蔵庫のなかを整理し、みかんだけ運んでおこうとバッグに入れる。たしかに、飲みかけの牛乳のパックとバナナ二本があった。枕もとを見ると、父の言葉通り本が重ねて置いてあり、読みかけの三冊は葉室麟『蜩ノ記』、『梁塵秘抄』、中公新書『島原の乱』だった。葉室麟の小説は、以前薦めてみたらずいぶん気に入って、以来数冊ずつ私が持参していたうちの一冊だ。それにしても、なぜいま『島原の乱』なのだろう。

食べ物も、父の杖だった。この四年間、父が切らさなかったのは二、三口で食べられる硯くらいの小さなサイズの羊羹、のど飴、みかん、バナナ、雪印6Pチーズ。

ときには目先の変わったものもうれしいかなと思い、デパートで松花堂弁当や焼き鳥を買っていっしょに食べようと持参したことがある。ところが、こちらが期待したほど箸が進まない。

あんまり好きじゃなかった？　と訊くと、こんな返事が返ってきた。

「ここの生活には目新しいものはないほうがいいと思うとる」

穏やかな口調でさらりとこぼれた言葉だったが、胸に刺さった。

私は、大学時代に父と手紙をやりとりすることが何度もあったが、こちらから書くのは近況報告くらいで、帰省してもとくに本音を言い合うことも少なく、その後もおたがいに一定の距離を保ちながら当たり障りのない関係を保ってきた。だから、父の胸中にあるはずの感情のざらつきに触れることもなかったし、父の屈託を知ろうとはしてこなかった。これまで父のことについてほとんど書いてこなかったのは、一個の人物としての父を自分は理解できていない、父のひととなりに近づいてこなかったという後ろめたさがつきまとっていたからだ。十五年ほど前だったか、一度だけ面と向かって「文章がずいぶん違ってきたなあ」と言われたときも、ただ気恥ずかしく、もごもごと口ごもってうまく反応できなかった。母によれば「あれは褒め言葉。最近お父さん何度も言ってたよ」。晩年、父に代わって私が実家の土地と家を処分する手続きを進めることになったときも、やはり父は多くを語りたがらず、他人行儀に「任せてしまうて申し訳ないなあ。よろしく頼みます」とだけ言い、神妙に頭を下げるのだった。父は、ずいぶん前から土地の処分を考えていたようだが、けっきょく自分では売却に踏み切れなかったから忸怩たる思いがあったように見受けられたが、ついぞ自分の心情を口にすることはなかった。そんなふうだったから、いつまでも埋まらない距離が父と私とのあいだにはあった。

しかし、おたがいに縮めてはこなかったへだたりをいやおうなしに取り崩したのが、晩年の介護施設での生活だった。つれづれに少年時代の話を聞き、戦争中の暮らしを聞き、そして、これまで胸中をとりたてて語らなかった父の、「ここの生活には目新しいものはないほうがいいと思うとる」と自身の内面に踏み込む言葉を聞いたとき、私はその場に立ち尽くしてしまった。娘には伝えようとしなかったさまざまな葛藤ののち、父が辿り着いた心境を素のまま手渡されたと感じ、九十二年生きてきた父の現在を受け取らせてもらえたことにただ感謝したかった。父のしわがれた手を取って握りたかったけれど、そうはせず、「うん」と応じたあと、しばらくのあいだ沈黙を静かに共有した。泣くのは堪えながら、これでよかったと思えた。

針が振り切れた日のことを思いだす。ある夏、そうだ鰻を持っていこうと思い、実家の台所で器に温かいご飯と温めた蒲焼を簡単な鰻重にして、母といっしょに持参したのである。蓋を開けると「わあ、鰻!?」と相好を崩し、食べるのがもったいない、もったいないと繰り返す。「柔らかい宝石を食べているようだ」と声を震わせて感激するのを聞きながら、こんなに喜ぶのならなぜもっと早く鰻を食べさせてあげなかったかと思い至り、自分が情けなかった。

三冊の本を取りに行ってからK病院に戻ると、主治医が病棟の詰め所で私を待ち構えていた。お元気そうに見えますけれど、残念ながら心臓と肺の検査結果がよくありませんと現状をくわしく説明され、延命治療の選択内容について細かい確認を受けた。それもいりません、これもいりませんと答えるのはつらかったが、数年前、便箋に書き置いて封筒にしまっていた「延命治療は不要です」という一筆の意志を、これまで父が変えたことはなかった。

話の途中、看護師さんが近づいてきて主治医に紙片を渡した。

メモの走り書きがちらりと見えた。

「ビスコが食べたいそうです」

えっビスコ？　あのビスコ？

食べたいものは何でも食べさせてあげてくださいと主治医にうながされ、私はまたコートを着直して表へ飛び出し、あの赤い箱を買いに走った。お父さんはビスコが食べたい。病院から帰りたい、食べて生きたい。

その数日後から病状は日ごとに坂を下り、点滴になった。最期に父が自分の意志で食べたのは、だから、ビスコなのだ。

立て続けに三個、皺の目立つ指でわしづかみにしてぼりぼり囓る高らかな音が、父の歯のあいだで元気よく鳴っていた。

支流

あとがきに代えて

一年ほど前、祖母照子の俳句遺稿集を母から借り受けてから、いつも自分の仕事机の辺りに置くようになった。五十一歳で急逝した妻を偲び、昭和六十年に迎えた二十五回忌のさい、夫である祖父が照子作三百十二句、一句ずつ書き写してホチキスで綴じた冊子。コクヨの原稿用紙を左右半分に折って十二ページ、コピーして身内に配ったささやかな句集である。

仕事に疲れたときや気分転換を図りたいときなど、手を伸ばして開くと、なつかしい祖父の字と祖母の俳句にいつでも出会えるのだから、私にとってはアラジンの魔法のランプだ。二ページめから最終十二ページまで上下二段にぎっしり羅列された祖父の字を追っていると、面白いもので、そのときどき心が動く句が違う。

あるとき、この一句に目が止まった。

孫の守りあきて老婆に日の長き

ふふふと笑いが出た。「孫」は、私である。

風呂場で倒れた祖母が意識を取り戻さないまま亡くなったのは昭和三十五年、初孫の私が二歳のときだ。この句には、幼い私を連れて母が里帰りしたさい、孫の世話を任されることになった祖母の心模様が詠まれている。ふたつ返事で孫を預かってみたものの、そのうち持て余してしまい、もう飽きた、早く時間が経たないかなあという心情は、おなじ立場に立ったことがあれば誰にも身に覚えがあるだろう。ただ、句のなかの「孫」の一字がまっすぐ私を指しているからどぎまぎし、苦笑も誘われる。六十数年も隔てているのに、一歳ほどの小さな自分が祖母をやれやれと嘆息させて振り回している。

たとえばそんなふうに、すでに手の届きようのない時間、現実をはみ出して伸び縮みする距離、失われて久しい過去の場所などが、父の死に接してからいっそう親しく身辺にまとわりつくようになった。

父は、亡くなる数日前まで「知りたいことがたくさんあるから、まだ死ぬわけにはいかん」と自分に言い聞かせるように言っていた。しかし、現世に指を掛けて踏ん張ろうとするこの言葉の背景には、放っておけば弱気になって萎んでしまいがちな自分を鼓舞する響きが込められていたと、いま思う。本を読むこと、食べることを最期まで手離そうとしなかったのは、読む、食べる、いずれも「知りたいこと、知らなかったこと」を引き寄せる術のひとつだと捉えていたからだろうか。

ほんの二か月前、私自身、ついぞ知らなかった事実に接して身震いすることになった。

その始まりは、仏像に惹かれて手にした本だった。

『完本　仏像のひみつ』（山本勉・著、川口澄子・イラスト　朝日出版社刊）

著者の山本勉氏は二〇二一年四月より鎌倉国宝館長、清泉女子大学名誉教授と奥付の経歴にあり、本書は、かつて著者が勤務した東京国立博物館で開催された仏像をめぐる展覧会の内容がもとになっている。仏像研究の第一人者による本書は、仏像の種類、素材、その内部や構造、衣服、眼や髪、色、人間や動物の像の種類、仏師……仏像にまつわるさまざまな要素が懇切丁寧に解きほぐされ、稀なわかりやすさ。そのおおもとが、長年仏像に注いできた著者の視線の深度や精度によると気づくとき、展覧会の解説、それをもとにした書籍、続編、正・続編を合わせた完本として命脈を保ってきた道のりにもいたく納得させられ、本書について、書評を連載している週刊誌上で一ページのコラムを書いた。その冒頭に、かつて幼い頃、祖父の寺の本堂で仏像にもみじのような手を合わせていたという極私的なエピソードを記した。

掲載誌が発売されて数日ののち、私のもとに一通のメールが届いた。差出人は山本勉氏。『完本 仏像のひみつ』の著者そのひとで、メールの冒頭に「担当編集者からアドレスを教えていただきました」と書かれている。丁寧な挨拶と書評にたいする御礼に続く次の箇所に進んだところで、私はほとんど息が止まるようだった。

山本氏の許可を得て、その一部をここに記したい。

「玉稿の冒頭にふれておられる、ご実家のお寺の阿弥陀如来像については、昭和34年に岡山県の文化財に指定されているというところで、もしやと思いましたが、後刻インターネットで検索して、わたしがかつて調査した真如院阿弥陀如来像であることを確認いたしました。

　真如院にはじめてうかがったのは昭和53年（1978年）7月、東京芸術大学の大学院生時代のことでした。鎌倉時代中期の仏師の動向を調べていたわたしは大学院の先輩とお寺を訪ねたのでした。ただし、当時のご住職（御爺様でしょうか）に、仏像にふれることを許していただけず、関連資料だけ教えていただいて帰ったのでした。その後、わたしは東京国立博物館に奉職して仏像彫刻史の研究を続け、銘記等で鎌倉時代の制作であることが確認できる仏像の資料集成の研究グループに入ることになりました。その研究の成果である『日本彫刻史基礎資料集成』鎌倉時代造像銘記篇という叢書の刊行が中央公論美術出版で始まるのは平成15年（2003年）のことです。刊行が始まってまもなく、平成17年にわたしは大学に職を移しましたが、叢書の刊行は続き、平成20年刊行予定の第6巻に真如院阿弥陀如来像を収録することになりました。岡山県立博物館がお像の写真を撮影していることもわかりましたが、やはり実際の調査をする必要があり、何度かご連絡さしあげて平成19年9月に学生とともにお寺へうかがい、お像の調査をさせていただきました（このときのご住職と平松様はどのようなご縁になるのでしょうか）。

このような経緯で『日本彫刻史基礎資料集成』鎌倉時代造像銘記篇第6巻の真如院阿弥陀如来像の項は、わたしが執筆しています。学生時代以来長期間にわたって関心をもっていた作品でしたので、報告をまとめられたことにはそれなりの感慨がございました。

それにしても、さまざまな機会に玉稿にふれる機会のあった平松洋子様が真如院のご縁者であったことには、そしてその平松様に小著の書評をお書きいただくことになるとは、ほんとうに不思議なご縁としか申しようがありません」


添付のPDFには、メールに書かれている通り、山本氏の執筆による叢書の該当ページと仏像の図版。なつかしい祖父の寺の本堂の仏像だった。

いったい、世の中にこんな巡り合わせがあるのだろうか。

頭が真っ白になり、どくんどくんと波打つ鼓動を感じながら、とるものもとりあえずメールの返信を書き始めた。偶然を超えた展開に絶句していること、幼少期から小学生の頃にかけて、夏休みは祖父の寺の庫裏に泊まりにいく習慣だったこと、祖父の読経を聞くのが好きだったこと、仏さまに手を合わせると幼心にも鎮まったこと、平成一九年に再訪くださったときはすでに祖父は亡くなっており、寺はすでに次世を継いだ方に託されていること――真如院とのごく私的な繋がりを記していると、おのずと長いメールになった。

翌日、山本氏から復信をいただき、またしても涙あふるる思いだった。「御爺様をしのぶよすがになればさいわいです」と書かれてあり、山本氏が祖父の寺を訪れることになった昭和五十三年七月二十四日を間近に控え、祖父とやり取りした葉書が添付されている。四十三年も前にやりとりした一葉を今日まで保管し、こうして立ちどころに取り出される山本氏の研究姿勢を垣間見ていっそうの敬意を抱きながら、逸る気持ちで添付をクリックした。コンピュータの画面に、葉書の裏面が現れた。〝その日は法要の予定があるから当方は午後三時過ぎが都合がよい〟、寺までの道順、タクシー料金など質問事項にたいして簡潔に記す、角張った右肩上りのボールペンの特徴のある字。祖母の俳句を写した字とおなじく、やっぱりペン先の圧が強い。

本の海のなかから指に触れた一冊の本の著者が、まさか自分の祖父と祖父の寺との縁を持つ方だったとは。祖母は、「お父さんが戦争から生きて帰ってこられたのは、ご本尊のおかげ」と何度も繰り返していたと母からよく聞いていた。そのご本尊、阿弥陀如来像が未知の人間を引き合わせる奇蹟。これこそが仏像のひみつなのだろうかとも思う。

　父は、亡くなる二、三か月前から早朝に欠かさず、介護施設の自分の部屋で般若心経を唱えるようになった。「毎朝五時頃、目が覚めると、すぐお経を唱えるのが習慣になった。すーっと落ち着くんよ。般若心経を唱えると一日ものすごく気持ちがいい」と話してくれたが、その心の襞に棲んでいたものについては、いまは思いを馳せてみるしかない。

　葬儀を終えてしばらくした頃、母がぽろりと口にした話がある。身内に継ぐ者がなかった妻の実家、つまり祖父の寺の行く先を案じ、あるとき父が言ったのだそうだ。

「これから僧侶の修行をして、自分がおじいさんの寺を継げないものだろうか」

　もう五十を過ぎた公務員の父が口走るので、まさかそりゃあいくらなんでも遅いでしょう、と母が応じた。

「そうよなあ、無理よなあやっぱり」

　ひと言だけ返して沈黙し、それきりだったという。いっときの思いつきにせよ、そんな心境になったことがあったのか。父なりに、祖父とその寺への思慕を抱いていたと知ったとき、父と母べつべつの胸中を流れる二本の川の支流が行き会う風景がまぶたに浮かんだ。かつて祖母が詠んだ一句も思い出す。

おほひなる見えぬ力に引かれ行く

昔から父はひとりで酒を飲むのが好きだった。とくに肴は欲しがらず、自分でグラスに注いでつくった濃いめのウィスキーの水割りをちびちび、ちびちび、氷を二、三片浮かべてうまそうに啜っていた。決まって食前に一杯、食べながら一杯、食後にもう一杯。こうして振り返ってみると、そもそも外食をしない家だったからその機会が訪れることがなかったけれど、父と差し向かいで酒を酌み交わしたことは一度もなかった。

出棺のとき、父の亡骸のかたわらに読みかけの三冊、饅頭、スーツ一着、五十年も前の教え子が供えた父ゆかりの指揮棒と楽譜、私の娘は、自分の筆でしたためて東京から持参した般若心経の写しと円相を描いた画を供えた。

本書は、小学館のＰＲ誌『本の窓』に足かけ四年にわたって執筆した連載

「渋茶ですが」を編んだ一冊である。これまで、生まれ育った倉敷についてぽつりぽつりと断片的にしか書いてこなかったが、遅まきながらようやく私なりに遠い時間のなかに分け入り、ひと続きの流れを漕いでみたい心持ちになれたのは、倉敷という土地の諸相や係累が自分という人間を形成している動かしようのない事実に向き合わなければならないと、正直に告白すれば、自分で自分に追い込まれたからだ。書き始めたとき、父は晩年を過ごしており、書き終わったときは鬼籍に入っていた。だから、一冊の流れのなかで父とのやりとりの言葉の体温は微妙に違っているのだが、これもまた生の記録の一部なのだろう。自分の来し方について、書くべきことは、発酵物の表面に浮き上がってはぷっくり膨らむ大小のあぶくに似て際限がなく、今後も向き合いながら少しずつ言葉にしていきたい。あくまでも個人的でささやかな記憶や足取りの断片にすぎないが、こうして言葉を探り当てながらおずおずと郷里にまつわる有形無形に触れること自体、私にとって、土地や先人たちから施された赦しのように思われて仕方がない。

執筆の機会を与えてくださった『本の窓』編集長、齋藤彰さんに感謝申し上げる。編集部の安武和美さんにも支えていただき、連載時にすばらしいイラストレーションを描いてくださったイラストレーター、柳智之さんの画にもいつも励まされてきた。私家版『倉敷川　流れるままに』から、ご母堂の文章の一部転載を快く許可してくださった畠山理穂さんに御礼を申し上げる。また、「旅館くらしき」女将、中村律子さん、「かっぱ」店主、田辺敬子さんにも感謝したい。今日までさまざまに縁を結んだ方々すべて、そして家族の存在がなければとうてい本書を最後まで仕上げられなかった。書籍化にあたっては、敬愛する装幀家、間村俊一さんのお世話になった。カバーに、画家、堀江栞さんの作品「輪郭＃17」を使用させていただいたことも望外の喜びである。「輪郭＃17」に出逢ったのは京橋の画廊で開かれた堀江さんの個展だったが、ことのほか「輪郭＃17」にこころを摑まれ、しばらく身動きできなかった。

一冊を編むにあたってあらためて原稿を整え直したいま、感謝の気持ちばかりが募る。

みなさまありがとうございました。

本書を亡き父に捧げる　　二〇二一年秋　　著者

初出
『本の窓』
2018年8月号〜2021年6月号
父のビスコ
『群像』
2019年6月号
書籍化にあたって『本の窓』『群像』掲載原稿を大幅に加筆・修正し、あらたに再構成しました

書き下ろし
「旅館くらしき」のこと
支流　あとがきにかえて

引用文献
『倉敷川　流れるままに』（畠山繁子著）

前見返し写真
（表右）阿智神社秋季例大祭の御神幸
（表左）「旅館くらしき」祭礼当日の軒先
（裏）倉敷川の始まりを大原美術館の前から眺む
後見返し写真
（表）表から見た実家の白木蓮の木
（裏）取り壊し前日、家屋の一部
いずれも著者撮影（前見返し　裏写真のみAflo）

平松洋子
（ひらまつ・ようこ）
1958年岡山県倉敷市生まれ。東京女子大学文理学部社会学科卒業。食と生活文化、文芸などをテーマに幅広い執筆で知られる。2006年『買えない味』でBunkamuraドゥマゴ文学賞、12年『野蛮な読書』で講談社エッセイ賞を受賞。著書に『夜中にジャムを煮る』『サンドウィッチは銀座で』『食べる私』『日本のすごい味　おいしさは進化する』『忘れない味』『肉とすっぽん』『下着の捨てどき』『遺したい味　わたしの東京、わたしの京都』（共著）など。

造本・装幀　間村俊一

装画　堀江栞「輪郭＃17」

編集　齋藤彰

父のビスコ

二〇二一年十月三十一日　初版第一刷発行
二〇二二年六月六日　　　第三刷発行

著　者　平松洋子
発行者　石川和男
発行所　株式会社小学館
〒一〇一－八〇〇一　東京都千代田区一ツ橋二－三－一
編集　〇三－三二三〇－五七二〇　販売　〇三－五二八一－三五五五
ＤＴＰ　株式会社昭和ブライト
印刷所　凸版印刷株式会社
製本所　牧製本印刷株式会社

　ISBN 978-4-09-388841-7